O ÚLTIMO ADEUS DE SHERLOCK HOLMES

Arthur Conan Doyle

O ÚLTIMO ADEUS DE SHERLOCK HOLMES

Tradução de Antonio Carlos Vilela

Editora Melhoramentos

Doyle, Arthur Conan
  O último adeus de Sherlock Holmes / Arthur Conan Doyle; tradução Antonio Carlos Vilela. 2.ed. São Paulo: Editora Melhoramentos, 2013.
  (Sherlock Holmes)

  Título original: Reminiscences of Sherlock Holmes – His last bow
  ISBN 978-85-06-07178-6

  1. Literatura juvenil. 2. Ficção policial. I. Vilela, Antonio Carlos. II. Título. III. Série.

13/093	CDD 869.8

Índices para catalogo sistemático:
1. Literatura juvenil em português   869.8
2. Literatura juvenil   809.8
3. Ficção policial - Literatura inglesa   820

Edição revisada conforme o Acordo Ortográfico da Língua Portuguesa

Título original em inglês: *Reminiscences of Sherlock Holmes – His Last Bow*
Tradução: Antonio Carlos Vilela
Ilustrações: NW Studios
Capa (Projeto Gráfico): Rex Design

Direitos de publicação:
© 2001 Cia. Melhoramentos de São Paulo
© 2001, 2013 Editora Melhoramentos Ltda.

2.ª edição, abril de 2013
ISBN: 978-85-06-07178-6

Atendimento ao consumidor:
Caixa Postal 11541 – CEP 05049-970
São Paulo – SP – Brasil
Tel.: (11) 3874-0880
www.editoramelhoramentos.com.br
sac@melhoramentos.com.br

Impresso no Brasil

ÍNDICE

O TIGRE DE SÃO PEDRO 7

OS PLANOS DO SUBMARINO BRUCE-PARTINGTON 33

O PÉ-DO-DIABO 59

O CÍRCULO VERMELHO 81

O DESAPARECIMENTO DE *LADY* FRANCES CARFAX 99

O DETETIVE AGONIZANTE 117

O ÚLTIMO ADEUS – SHERLOCK HOLMES E O ESFORÇO DE GUERRA 131

O TIGRE DE SÃO PEDRO

I – A ESTRANHA EXPERIÊNCIA DO SR. JOHN SCOTT ECCLES

Folheando minhas anotações, vejo que naquele dia, no final de março de 1892, estava frio e ventava muito. Holmes tinha recebido e respondido a um telegrama durante o almoço. Ele nada comentou, mas ficou com o assunto na cabeça, pois, terminada a refeição, levantou-se e ficou de pé, pensativo e fumando seu cachimbo, na frente da lareira. De vez em quando, relia a mensagem. Repentinamente, Holmes virou-se para mim com um brilho travesso no olhar.

– Suponho, Watson – ele começou –, que possamos considerá-lo um homem das letras. Como definiria a palavra "grotesco"?

– Estranho... extraordinário – sugeri.

Holmes balançou a cabeça.

– É mais que isso, com certeza. Há uma sugestão implícita de algo trágico e terrível. Se pensar em algumas das narrativas com que você tem atormentado seus pacientes leitores, verá como o grotesco, frequentemente, termina em crime. Lembre-se da Liga dos Cabeças Vermelhas. Começou com uma situação grotesca. E acabou numa tentativa desesperada de assalto. Ou, ainda, o caso extremamente grotesco das cinco sementes de laranja, que envolvia uma conspiração assassina. Essa palavra me põe alerta.

– Ela está aí? – perguntei.

Holmes leu o telegrama em voz alta.

– "Acabei de ter a experiência mais incrível e grotesca. Posso consultá-lo? Scott Eccles – Agência do Correio de Charing Cross."

– Homem ou mulher? – perguntei.

– Homem, é claro. Nenhuma mulher enviaria um telegrama com resposta paga. Ela teria vindo diretamente.

– Você vai recebê-lo?

– Meu caro Watson, sabe como ando entediado, desde que prendemos o Coronel Carruthers. Minha mente é como um motor de corrida, que se estraga quando não está desempenhando o trabalho para o qual foi construído. A vida anda sem graça e os jornais, tediosos. Audácia e aventura sumiram para sempre do mundo do crime. Então, como pode perguntar se vou investigar um problema novo, por mais trivial que seja? Mas, se não me engano, nosso cliente está chegando.

Ouvimos passos cadenciados na escada e logo depois um homem alto, corpulento, de bigode grisalho e ar solene entrou na sala. A história de sua vida estava escrita nas feições marcadas e na atitude pomposa. Das polainas à armação em ouro dos óculos, ele era um conservador, religioso, bom cidadão, ortodoxo e respeitador das leis. Mas alguma experiência surpreendente perturbara sua compostura natural, deixando marcas nos cabelos desalinhados, nas faces coradas de raiva e na atitude agitada.

– Tive uma experiência estranha e desagradável, Sr. Holmes – ele disse. – Nunca, em toda a minha vida, fui colocado numa situação como essa. É imprópria... ultrajante. Tenho que exigir alguma explicação. – Ele arfava e bufava de raiva.

– Por favor, sente-se Sr. Scott Eccles – disse Holmes, numa voz tranquilizadora. – Posso lhe perguntar, em primeiro lugar, por que veio me procurar?

– Bem, não parecia caso de polícia, mas, mesmo assim, quando ouvir os fatos, vai concordar comigo que eu não podia deixar as coisas daquela forma. Detetives particulares formam uma classe com que não simpatizo, mas, apesar de tudo, conhecendo a sua fama...

– Muito bem. Em segundo lugar, por que não veio imediatamente?
– Como assim?

Holmes consultou o relógio.

– São duas e quinze – ele disse. – Seu telegrama foi despachado por volta da uma. Mas não se pode deixar de reparar, ao observar sua aparência, que essa sua "perturbação" começou no momento em que acordou.

Nosso cliente passou a mão pelo cabelo despenteado e pelo rosto sem barbear.

– Tem razão, Sr. Holmes. Nem parei para pensar em me arrumar. Só pensei em sair o quanto antes daquela casa. Mas andei por aí fazendo perguntas antes de procurá-lo. Fui ao corretor imobiliário, que me disse que o Sr. Garcia paga corretamente o aluguel e que tudo estava em ordem em Wistaria Lodge.

– Ora, ora, meu senhor – disse Holmes, rindo. – O senhor está parecendo meu amigo, o Dr. Watson aqui, que tem o mau hábito de contar suas histórias de trás para a frente. Por favor, organize seus pensamentos e conte-me, na sequência correta, exatamente quais os fatos que o fizeram sair despenteado e desarrumado, com suas polainas e colete abotoados dessa forma, em busca do meu auxílio.

Nosso cliente olhou para baixo, observando com tristeza sua aparência nada convencional.

– Sei que estou péssimo, Sr. Holmes, e não creio que em toda a minha vida eu tenha sido assim descuidado. Mas, depois que lhe contar todo esse negócio esquisito, tenho certeza de que vai compreender minha aparência.

Mas sua história foi interrompida antes de começar. Ouvimos barulho no vestíbulo, e a Sra. Hudson abriu a porta para introduzir dois robustos indivíduos com jeito de policiais, sendo que um deles era nosso velho conhecido, o inspetor Gregson, da Scotland Yard; um oficial corajoso e, dentro de suas limitações, capaz. Apertou a mão de Holmes e apresentou seu colega, o inspetor Baynes, da polícia de Surrey.

– Estamos caçando juntos, Sr. Holmes, e nossa pista trouxe-nos até aqui. – E voltou-se para nosso visitante. – O senhor é John Scott Eccles, de Popham House, em Lee?

– Sou eu.

– Estivemos procurando-o por toda a manhã.

– Vocês o encontraram pelo telegrama, sem dúvida – disse Holmes.

– Isso mesmo, Sr. Holmes. Pegamos o rastro no Correio de Charing Cross e viemos até aqui.

– Mas por que estão me seguindo? O que querem?

– Queremos um depoimento, Sr. Scott Eccles, referente aos fatos que levaram à morte do Sr. Aloysius Garcia, em Wistaria Lodge, perto de Esher, na noite de ontem.

Nosso cliente aprumou-se na cadeira com os olhos fixos, e toda a cor sumiu de seu rosto atônito.

– Morte? O senhor disse que ele morreu?

– Sim, senhor, ele morreu.

– Mas como? Algum acidente?

– Assassinato, o mais autêntico que já aconteceu.

– Bom Deus! Isso é horrível! Os senhores não querem dizer... querem dizer que sou suspeito?

– Uma carta de sua autoria foi encontrada no bolso do cadáver, e sabemos que o senhor tinha planos de passar a noite lá.

– Foi o que fiz.

– Ah, foi o que fez, não é?

O inspetor pegou seu caderno de notas.

– Espere um pouco, Gregson – disse Sherlock Holmes. – Tudo o que você quer não é um depoimento?

– E é meu dever avisar o Sr. Scott Eccles de que tudo o que disser pode ser usado contra ele.

– Ele estava para nos contar o que aconteceu quando vocês entraram. Acredito, Watson, que um pouco de conhaque com soda faria bem ao Sr. Eccles. Agora, meu senhor, sugiro que ignore o aumento da plateia e prossiga com sua história, exatamente como estava fazendo antes da interrupção.

Nosso visitante engoliu o conhaque, e a cor voltou ao seu rosto. Depois de olhar para o caderno do inspetor, ele iniciou seu depoimento extraordinário.

– Sou solteiro, mas do tipo sociável. Assim, cultivo um grande número de amigos. Entre eles está a família de um cervejeiro aposentado, chamado Melville, que mora em Albermarle Mansion, Kensington. Foi na mesa dele que, há algumas semanas, conheci um jovem chamado Garcia. Pelo que entendi, ele tem ascendência espanhola e algum relacionamento com a Embaixada. Falava inglês perfeitamente, era educado e o homem mais bem-apessoado que já conheci.

"Desenvolvemos uma boa amizade, esse jovem e eu. Tive a impressão de lhe agradar desde o princípio, e dois dias depois ele foi me visitar em Lee. Uma coisa levou a outra e terminou com ele me convidando para passar uns dias em sua casa, Wistaria Lodge, entre Esher e Oxshott. Ontem à tarde fui a Esher, conforme o combinado.

"Antes de eu ir, ele me descreveu sua criadagem. Tinha um empregado muito fiel, compatriota seu, que cuidava de tudo e sabia falar inglês. O cozinheiro era um mestiço que ele encontrou em suas viagens e cozinhava muito bem. Lembro-me de que ele comentou ser aquela uma criadagem muito estranha de se encontrar no meio de Surrey, no que concordei com ele. Mas ela acabou se revelando mais estranha do que eu supunha.

"Fui, então, para lá, que fica a três quilômetros ao sul de Esher. A casa é de bom tamanho, afastada da estrada, à qual é ligada por uma alameda em curva ladeada de arbustos de sempre-vivas. É um edifício baixo e em péssimo estado de conservação. Quando a charrete parou em frente à porta manchada e maltratada, tive dúvidas quanto à minha sensatez, por visitar alguém que conhecia tão pouco. Contudo, ele mesmo abriu a porta e deu uma grande demonstração de cordialidade. Um criado escuro, de cara triste, pegou minha mala e levou-me até o quarto. O lugar todo era deprimente. Jantamos somente nós dois e, embora meu anfitrião fizesse o possível para me entreter, parecia que sua mente estava em outro lugar. Ele falava de forma tão desconexa que era difícil compreendê-lo. Além disso, tamborilava continuamente com os dedos na mesa, roía as unhas e mostrava outros sinais de impaciência. O próprio jantar não foi bem preparado nem bem servido, e a presença daquele criado taciturno não ajudou a nos animar. Várias vezes, durante o jantar, quis inventar alguma desculpa que pudesse me levar de volta para Lee.

"Lembro-me agora de uma coisa que talvez tenha relação com o que os senhores estejam investigando. – Ele olhou para os inspetores de polícia. – Na hora não dei muita atenção ao fato. Perto do fim do jantar, o criado entregou um bilhete ao meu anfitrião. Depois disso, ele ficou ainda mais distraído e estranho, desistindo de qualquer tentativa de conversa. Ficou lá sentado, fumando muito, perdido em seus pensamentos, mas não fez comentários sobre o bilhete. Às onze horas, fiquei feliz de poder ir para a cama. Algum tempo depois, Garcia abriu a porta do meu quarto, cuja luz já estava apagada, e perguntou se eu tinha tocado a campainha. Respondi que não. Ele pediu desculpas por me perturbar a uma hora daquelas, pois já era quase uma da manhã. Peguei no sono depois disso e dormi tranquilamente a noite inteira.

"E agora vem a parte surpreendente da minha história. Quando acordei, o dia já ia alto. Consultei o relógio e vi que já eram nove horas. Eu pedira para ser chamado às oito, de modo que estava espantado com aquele esquecimento. Levantei-me e toquei a campainha. Não apareceu ninguém. Toquei outras vezes, mas foi inútil. Cheguei à conclusão de que a campainha estava quebrada. Vesti as roupas de qualquer jeito e desci a escada, de muito mau humor, para pedir água quente. Imaginem minha surpresa ao perceber que a casa estava vazia. Gritei no vestíbulo. Ninguém respondeu. Depois fui de sala em sala. Todas vazias. Meu anfitrião havia me mostrado seu quarto na noite anterior. Fui até lá e bati na porta. Sem resposta. Virei a maçaneta e entrei. O quarto estava vazio, e a cama, arrumada. Ele se fora junto com os outros. O anfitrião estrangeiro, o criado estrangeiro e o cozinheiro estrangeiro, todos desapareceram durante a noite! Esse foi o fim da minha visita a Wistaria Lodge."

Sherlock Holmes esfregava as mãos e ria de satisfação por poder incluir aquele caso bizarro na sua coleção de episódios estranhos.

– Sua experiência foi, até onde sei, extremamente original – ele disse. – Posso perguntar o que o senhor fez em seguida?

– Bem, eu estava furioso. A primeira ideia que me ocorreu foi que eu estava sendo vítima de alguma piada. Arrumei minhas coisas, bati a porta da casa atrás de mim e fui embora, carregando minha mala até Esher. Lá, procurei os irmãos Allan, principais corretores imobiliários da vila. Descobri que Wistaria Lodge fora alugada por intermédio deles. Ocorreu-me que dificilmente aquele episódio todo teria sido montado para me fazer de tolo. Mas, como estamos no final de março, o trimestre está acabando. Talvez Garcia tivesse fugido para não pagar o aluguel trimestral. O corretor agradeceu meu aviso, mas informou que o aluguel fora pago adiantado. Então, voltei para Londres e fui até a Embaixada da Espanha. Ninguém o conhecia ali. Depois procurei Melville, em cuja casa eu conhecera Garcia, mas descobri que ele conhecia o estrangeiro ainda menos que eu. Finalmente, quando recebi sua resposta ao meu telegrama, Sr. Holmes, vim para cá, pois ouvi dizer que é um perito em casos difíceis. Mas agora, Sr. inspetor, percebo, pelo que falou, que vai assumir o caso, pois aconteceu uma tragédia. Garanto-lhe que tudo o que eu disse é verdade e que, além do que já disse, nada sei a respeito desse homem ou do que aconteceu a ele. Meu único desejo é ajudar a Justiça em todos os aspectos.

– Tenho certeza disso, Sr. Scott Eccles, tenho certeza absoluta – disse o inspetor Gregson, num tom bastante amigável. – Preciso dizer que tudo o que o senhor falou está de acordo com os fatos que levantamos. Por exemplo, aquele bilhete que Garcia recebeu durante o jantar. O senhor viu o que aconteceu com ele?

– Vi, sim. Garcia o amassou e jogou na lareira.

– O que diz disso, Sr. Baynes?

O policial do interior era corpulento, gordo e sanguíneo, e seu rosto só não era grosseiro de todo pelos olhos extraordinariamente brilhantes, que quase ficavam escondidos entre as bochechas e as sobrancelhas. Com um sorriso preguiçoso, ele pegou um pedaço de papel desbotado em seu bolso.

– A lareira tinha grade, Sr. Holmes, e Garcia errou na hora em que jogou o bilhete no fogo. Não chegou a queimar, e eu o encontrei.

Holmes sorriu em aprovação.

– O senhor deve ter vasculhado a casa com muito cuidado, para achar esse pedacinho de papel.

– Foi o que fiz, Sr. Holmes. É o meu método. Podemos ler o bilhete, Sr. Gregson?

O inspetor londrino concordou.

– A nota foi escrita num papel comum, sem marca d'água. É a quarta parte de uma folha cortada com uma tesoura pequena. O papel foi dobrado três vezes e lacrado com cera púrpura, colocada às pressas e apertada com um objeto oval plano. Está endereçado ao Sr. Garcia, Wistaria Lodge. Diz: "Nossas cores, verde e branco. Verde aberto, branco fechado. Escada principal, primeiro corredor, sétima porta à direita, cortina verde. Que Deus o ajude. D." É letra de mulher, escrita com pena fina, mas o endereço foi escrito por outra pessoa ou com outra pena. Veja que está mais grosso.

– Um bilhete muito interessante – disse Holmes, observando-o.
– Devo cumprimentá-lo, Sr. Baynes, pela atenção aos detalhes ao examiná-lo. Posso acrescentar alguns pontos menores. O lacre oval foi feito com uma abotoadura comum. Que outro objeto tem esse formato? A tesoura é de unha, com lâmina curva. Ainda que os picotes sejam curtos, pode-se ver claramente a suave curva da lâmina.

O policial do interior riu.

– Pensei ter espremido todo o suco desse bilhete, mas vejo que ainda tinha um pouco – disse ele. – Confesso que não compreendi nada dele, a não ser que algo de grave aconteceu e que uma mulher, como sempre, está envolvida.

O Sr. Scott Eccles arrumou-se na cadeira.

– Fico feliz que tenham achado o bilhete, já que ele corrobora minha história – disse. – Mas gostaria de saber o que aconteceu com o Sr. Garcia e com os criados.

– Quanto a Garcia – disse Gregson –, a resposta é simples. Ele foi encontrado morto no parque de Oxshott, a cerca de um quilômetro e meio de sua casa. Sua cabeça foi esmigalhada por golpes com um saco de areia ou outro tipo de porrete, que esmaga em vez de quebrar. Aquele é um local isolado, sendo que não há casas num raio de quatrocentos metros. Aparentemente, foi atacado pelas costas, e o agressor continuou batendo mesmo depois de Garcia estar morto. Foi um ataque raivoso. Não havia pegadas nem pistas do criminoso.

– Roubo?
– Nada foi roubado.
– Isso é muito triste... terrível e muito triste – disse Scott Eccles com a voz trêmula. – Mas, de qualquer forma, não sei como acabei ligado a esse crime. Não tive nenhuma relação com a saída noturna do meu anfitrião. Como fui envolvido no caso, inspetor?

– Muito simples – respondeu o inspetor Baynes. – O único documento encontrado no bolso do falecido foi uma carta do senhor dizendo que estaria com ele naquela noite. Pelo endereço no envelope, descobrimos o nome e o endereço da vítima. Passava das nove, esta manhã, quando chegamos à casa, que estava vazia. Telegrafei ao Sr. Gregson para procurar o senhor em Londres, enquanto eu examinava Wistaria Lodge. Depois vim para a cidade, encontrei o Sr. Gregson, e aqui estamos.

– Acho melhor – disse Gregson, levantando-se – fazermos a coisa oficialmente. Sr. Scott Eccles, por favor acompanhe-nos até a delegacia, onde vamos tomar seu depoimento por escrito.

– Muito bem, irei imediatamente. Mas quero contratar seus serviços, Sr. Holmes. Quero que não economize dinheiro ou esforços para chegar à verdade.

Meu amigo virou-se para o inspetor do interior.
– Suponho que não faça objeções à minha colaboração, inspetor Baynes.
– Pelo contrário, ficarei honrado.
– O senhor parece ter sido muito meticuloso em tudo o que fez. Posso perguntar se sabe a hora em que Garcia morreu?
– Ele estava no local desde a uma da madrugada. Choveu nessa hora, e ele estava lá, com certeza, desde antes da chuva.
– Mas isso é impossível! – exclamou nosso cliente. – A voz dele era inconfundível. Posso jurar que foi ele quem entrou no meu quarto exatamente nessa hora.
– Interessante, mas não impossível – disse Holmes sorrindo.
– Tem alguma pista? – perguntou Gregson.
– O caso em si não parece muito complicado, apesar de ter aspectos novos e características interessantes. Um conhecimento maior dos fatos é necessário antes que eu me aventure a dar uma opinião definitiva. A propósito, Sr. Baynes, encontrou algo de interessante, além do bilhete, durante a inspeção que fez na casa?

O inspetor olhou para meu amigo de forma peculiar.

– Havia – ele disse – uma ou duas coisas *muito* interessantes. Talvez, depois que terminarmos na delegacia, o senhor queira nos acompanhar até Wistaria Lodge e dar sua opinião a respeito.

– Estou ao seu dispor – respondeu Holmes, tocando a campainha.
– Por favor, Sra. Hudson, acompanhe estes senhores e mande o garoto enviar este telegrama, com resposta paga de cinco xelins.

Ficamos algum tempo em silêncio depois que nossos visitantes se retiraram. Holmes fumou bastante, com as sobrancelhas franzidas e a cabeça projetada, como era sua característica.

– Bem, Watson – ele começou, virando-se de repente para mim –, o que você deduz disso tudo?
– Não deduzo nada do que aconteceu a Scott Eccles.
– E do crime?
– Bem, já que os criados desapareceram, eu diria que eles estão, de alguma forma, envolvidos no assassinato e fugiram para escapar à lei.
– Essa é uma teoria possível. Mas você tem de admitir, contudo, que é muito estranho, estando os dois criados mancomunados contra Garcia, que tivessem escolhido justo a noite em que ele tinha companhia para atacá-lo. Afinal, o patrão estaria sozinho em qualquer outra noite da semana.
– Então, por que fugiram?
– Exatamente. Por que fugiram? Esse é um fato importante. Outro é a experiência por qual passou nosso cliente, Scott Eccles. Será,

meu caro Watson, que está além da capacidade humana fornecer uma explicação que abranja todos os fatos importantes? Se encontrarmos uma que também admita o bilhete misterioso, com aquele texto curioso, poderíamos aceitá-la como uma hipótese temporária. Se todas as novidades que surgirem conseguirem se encaixar no esquema, então nossa hipótese vai se tornar uma solução.

– E qual é a nossa hipótese?

Holmes recostou-se na poltrona com os olhos semicerrados.

– Tem de admitir, Watson, que a hipótese de piada é impossível. Fatos graves, que depois se confirmaram, estavam para acontecer, e a ida de Scott Eccles para Wistaria Lodge tem ligação com eles.

– Mas qual ligação?

– Vamos seguir passo a passo. Havia algo de pouco natural nessa amizade repentina entre o jovem espanhol e Scott Eccles. O estrangeiro forçou o relacionamento. Ele foi visitar Eccles, do outro lado de Londres, um dia após tê-lo conhecido. E manteve contato com ele até conseguir levá-lo a Esher. Ora, o que ele queria com Eccles? O que nosso cliente poderia lhe dar? Não vejo atrativos nesse homem. Ele não é especialmente inteligente e não é o tipo de homem com quem um latino, com toda a sua vivacidade, faria amizade. Por que, então, dentre todas as pessoas que conheceu, ele julgou ser Scott Eccles o mais apropriado para suas necessidades? Ele tem alguma qualidade notável? Eu diria que sim. Ele é um exemplo da respeitabilidade convencional inglesa, um homem que, como testemunha, impressionaria bem outro britânico. Você viu como nenhum dos inspetores sequer sonhou em questionar o depoimento de Scott Eccles, por mais extraordinário que fosse.

– Mas o que ele devia testemunhar?

– Nada, da forma como as coisas aconteceram. Mas acredito que tudo deu errado.

– Entendo, Garcia queria ter um álibi.

– Exatamente, meu caro Watson. Ele queria um álibi. Vamos supor, hipoteticamente, que os moradores de Wistaria Lodge estivessem envolvidos em algum projeto obscuro. Este, fosse o que fosse, deveria se desenrolar antes da uma hora. Atrasando-se os relógios, seria fácil fazer Scott Eccles ir para a cama mais cedo do que pensava. Quando Garcia foi vê-lo no quarto e disse que era uma da manhã, provavelmente não passava de meia-noite. Se Garcia tivesse conseguido fazer o que queria e ainda voltar à hora mencionada, teria um álibi para repelir qualquer acusação. Aquele irrepreensível cidadão inglês estaria pronto para jurar, em qualquer tribunal, que o acusado estava em casa. Eccles era um seguro contra o pior.

– Entendo. Mas por que os outros desapareceram?
– Ainda não conheço todos os fatos, mas não existem dificuldades insuperáveis. De qualquer forma, é um erro formular teorias antes de obter as informações. Acabamos torcendo os fatos para que se encaixem na teoria.
– E a mensagem?
– O que ela dizia... "Nossas cores, verde e branco." Parece ter a ver com corrida de cavalos. "Verde aberto, branco fechado." Esse é claramente um sinal. "Escada principal, primeiro corredor, sétima porta à direita, cortina verde." Essa é uma indicação de caminho. Talvez encontremos um marido ciumento no fim dessa história. A missão era perigosa, caso contrário a mulher não escreveria "Que Deus o ajude". A letra "D", no fim, é a inicial da remetente.
– O homem era espanhol. Talvez "D." seja de Dolores, um nome comum para espanholas.
– Bom, Watson, muito bom, mas inadmissível. Uma espanhola teria escrito em espanhol para seu conterrâneo. A remetente desta carta é inglesa. Bem, só nos resta ter paciência até que aquele inspetor excelente venha nos buscar. Enquanto isso, vamos agradecer ao nosso destino por termos sido resgatados do tédio.

A resposta ao telegrama de Holmes chegou antes de o inspetor de Surrey voltar. Holmes leu a mensagem e estava prestes a guardá-la no seu caderno de anotações, quando viu meu rosto ansioso. Ele o entregou para mim, rindo.
– Estamos mexendo com as altas esferas – disse.
O telegrama continha uma lista de nomes e endereços: "Lorde Harringby, The Dingle; *Sir* George Folliott, Oxshott Towers; Sr. Hynes Hynes, J. P., Purdey Place; Sr. James Baker Williams, Forton Old Hall; Sr. Henderson, High Gable; rev. Joshua Stone, Nether Walsling.
– Essa é uma forma bastante óbvia de limitarmos nosso campo de atuação – disse Holmes. – Sem dúvida Baynes, com sua mente lógica, já adotou plano similar.
– Não entendo.
– Bem, meu caro amigo, já chegamos à conclusão de que a mensagem recebida por Garcia durante o jantar referia-se a um encontro ou a uma missão. Agora, se a leitura mais óbvia é a correta, o caminho indicado passa por uma escada principal e um corredor onde se deve procurar a sétima porta. Ora, trata-se evidentemente de uma casa muito grande. Também é evidente que ela não pode ficar a mais de cinco quilômetros de Oxshott, já que Garcia foi andando naquela direção e pretendia, da forma como vejo os fatos, voltar a Wistaria Lodge em

tempo de manter seu álibi. Como o número de mansões em Oxshott deve ser limitado, adotei o método óbvio de telegrafar aos corretores mencionados por Scott Eccles e pedir uma lista dessas casas. São elas que aparecem neste telegrama, e a outra ponta do nosso mistério tem que estar em alguma delas.

Já eram quase seis da tarde quando nos encontramos na bela vila de Esher, em Surrey, acompanhados pelo inspetor Baynes.

Holmes e eu levamos bagagem para passar a noite e nos hospedamos no hotel Bull. Depois fomos com o inspetor visitar Wistaria Lodge. Era uma noite fria de março; o vento e a chuva fina nos açoitavam os rostos enquanto atravessávamos a região deserta a caminho do cenário onde parte daquela tragédia fora encenada.

II – O Tigre de São Pedro

Após gélida e sofrida caminhada de três quilômetros, chegamos ao portão de madeira que se abria para uma alameda malcuidada de castanheiros. O caminho curvo levou-nos para uma casa baixa e sombria. Pela janela à esquerda da porta, víamos uma luz fraca.
– Um policial está de guarda – disse Baynes. – Vou bater na janela.
Ele atravessou o jardim e bateu no vidro com a mão. Ouvimos um grito de susto e vi, pela janela empoeirada, um homem saltar de sua cadeira, dentro daquela sala. Logo depois, um policial ofegante e pálido abriu a porta, com a vela balançando em sua mão trêmula.
– Qual o problema, Walters? – perguntou secamente Baynes.
O homem enxugou a testa com o lenço e suspirou aliviado.
– Estou feliz que o senhor tenha vindo. Foi uma noite longa, e acho que meus nervos já não são o que eram.
– Nervos, Walters? Eu não sabia que você tinha isso.
– Bem, senhor, a casa está vazia, silenciosa, e tem aquela coisa estranha na cozinha. Quando o senhor bateu na janela, pensei que aquilo tinha voltado.
– Aquilo o quê tinha voltado?
– O diabo, senhor. Apareceu nessa janela.
– O que apareceu na janela? E quando?
– Foi há cerca de duas horas. Estava anoitecendo. Eu me sentei na cadeira e comecei a ler. Não sei o que me fez erguer o olhar, mas lá estava aquele rosto, olhando para mim através do vidro de baixo. Deus, que rosto! Vou reencontrá-lo nos meus pesadelos.
– Ora, ora, Walters! Isso não é jeito de um policial falar!
– Eu sei, mas aquilo me abalou, e não adianta negar. Não era negro nem branco, nem de qualquer cor que eu conheça. Sua pele tinha um tom de barro com leite. Depois, como era grande! Duas vezes maior que o senhor. E a aparência! Aqueles olhos enormes e fixos, os dentões famintos! Vou lhe dizer, senhor, que não consegui

me mexer um centímetro sequer, nem respirar, até que a coisa desapareceu. Fui até lá fora e procurei nos arbustos, mas graças a Deus não o encontrei.

– Se eu não soubesse que você é um bom policial, Walters, colocaria uma repreensão na sua ficha por isto. Mesmo que fosse o *próprio* diabo, um policial a serviço nunca poderia agradecer a Deus por não tê-lo encontrado. Será que tudo isso não foi apenas uma visão?

– Podemos verificar facilmente – disse Holmes, acendendo sua lanterna de bolso. – Sim – confirmou depois de examinar o gramado. – Ele calça número quarenta e seis, eu diria. Se for proporcional ao pé, o homem é um gigante.

– E o que aconteceu com ele?

– Parece que fugiu para a estrada, no meio dos arbustos.

– Bem – disse o inspetor, com o rosto sério e pensativo –, fosse o que fosse, já foi, e temos coisas mais urgentes para fazer. Agora, Sr. Holmes, com sua permissão, vou lhe mostrar a casa.

Os diversos quartos e salas nada revelaram, mesmo após cuidadosa busca. Aparentemente, os inquilinos trouxeram pouco ou nada com eles, sendo que toda a mobília e os objetos de decoração foram alugados com a casa. Deixaram para trás muita roupa com a etiqueta Marx and Co., de High Holborn. Ao ser indagado, por telegrama, sobre o que sabia de seu cliente, o Sr. Marx nada acrescentou, a não ser que se tratava de bom pagador. Alguns cachimbos, livros – dois dos quais em espanhol –, um revólver antigo e um violão foram os objetos pessoais encontrados.

– Nada de mais – disse Baynes, enquanto vasculhava quarto por quarto. – Mas agora, Sr. Holmes, convido-o para ir à cozinha.

Ela era tenebrosa, com pé-direito alto e situada nos fundos da casa; tinha um catre de palha num dos cantos, que provavelmente servia de cama para o cozinheiro. A mesa estava cheia de pratos sujos e restos do jantar da noite anterior.

– Veja isto – disse Baynes. – O que acha que é?

Ele iluminou, com sua vela, um objeto extraordinário que jazia nos fundos do armário. Estava tão amarrotado e encolhido que ficava difícil determinar o que era. Parecia de couro preto, mas assemelhava-se a uma figura humana, talvez um anão. Ao examiná-lo, primeiro pensei que se tratasse de uma criança mumificada, mas depois pareceu mais um macaco. Enfim, fiquei em dúvida se aquilo era humano ou animal. Um colar de conchas brancas o envolvia.

– Muito interessante! Muito interessante mesmo! – disse Holmes, observando aquela relíquia sinistra. – Algo mais?

O Tigre de São Pedro

Em silêncio, Baynes foi até a pia e ergueu a vela. Os membros e o corpo de algum pássaro branco, despedaçados selvagemente e ainda com as penas, estavam espalhados pela pia. Holmes apontou para a cabeça cortada.

– Um galo branco – disse. – Ora, este é realmente um caso curioso.

Mas Baynes tinha guardado o melhor para o final. De sob a pia, ele tirou um balde de zinco cheio de sangue. Depois, trouxe uma travessa cheia de fragmentos de ossos queimados.

– Alguma coisa foi morta e queimada. Tiramos estes ossos do fogo. Um médico veio examiná-los esta manhã e declarou não serem humanos.

Holmes sorriu e esfregou as mãos.

– Preciso parabenizá-lo, inspetor, por conduzir este caso tão instrutivo da forma profissional como vem fazendo. Sua capacidade, se me permite dizê-lo sem ofender, parece superior às suas oportunidades.

Os olhinhos do inspetor Baynes cintilaram de prazer.

– Tem razão, Sr. Holmes. A vida na província não me oferece muitas chances. Um caso como este é raro, e espero não perder minha oportunidade. Do que acha que são estes ossos?

– Diria que são de carneiro ou de cabrito.

– E o que acha do galo branco?

– Curioso, Sr. Baynes, muito curioso. Diria mesmo que é inusitado.

– Sim, senhor; gente muito esquisita, com costumes muito estranhos, morou nesta casa. Um deles morreu. Será que seus amigos o mataram? Se foram eles, logo os pegaremos, pois os portos estão sendo vigiados. Mas minha teoria é diferente. Sim, senhor, minha teoria é outra.

– Já tem uma teoria, então?

– E vou trabalhar nela sozinho, Sr. Holmes. Quero o crédito só para mim. O seu nome já está feito, mas o meu ainda não. Ficarei feliz, depois, em poder dizer que solucionei o caso sem a sua ajuda.

Holmes riu, bem-humorado.

– Tudo bem, inspetor – disse. – O senhor siga sua trilha que eu vou na minha. Meus resultados estarão à sua disposição, se quiser saber de alguma coisa. Acho que já vi tudo o que precisava nesta casa, e que meu tempo será mais bem empregado em outros lugares. Até logo e boa sorte.

Eu sabia, por numerosos indícios sutis, que Holmes já tinha alguma pista quente. Impassível como sempre para o observador casual, havia, no entanto, uma contida ansiedade e uma disfarçada tensão nos seus olhos brilhantes e nos gestos mais ativos que me asseguravam que o jogo havia começado. Como de hábito, ele nada dizia, e eu nada perguntava. Contentava-me em participar da aventura e oferecer minha humilde ajuda, sem distrair aquele cérebro ativo com interrupções desnecessárias. Eu ficaria sabendo de tudo quando chegasse a hora.

Esperei, portanto. Mas, para minha decepção, esperei em vão. Dia após dia, meu amigo não conseguia avançar. Uma determinada manhã ele foi para Londres, e, por uma referência casual, soube que visitara o Museu Britânico. A não ser por essa única excursão, ele passava seus dias em caminhadas longas e frequentemente solitárias, fofocando com diversos moradores das redondezas sobre os assuntos locais.

– Tenho certeza, Watson, de que uma semana no interior será ótima para você – ele disse. – É muito agradável observar o verde surgindo nas cercas vivas e as aveleiras cobrindo-se de flores. Com algumas ferramentas de jardinagem e um livro básico de botânica, passaremos alguns dias instrutivos por aqui.

Ele arrumou um equipamento desses para si mesmo, mas trazia poucas plantas para o hotel, à noite.

De vez em quando, durante nossas andanças, encontrávamos o inspetor Baynes. Seu rosto gorducho e vermelho abria-se em sorrisos quando cumprimentava meu amigo. Pouco dizia sobre o caso, mas, pelo pouco que apuramos, concluímos que ele parecia satisfeito com o rumo das investigações. Mesmo assim, admito que foi com alguma surpresa que, cinco dias depois do crime, abri o jornal pela manhã e encontrei, em letras garrafais:

SOLUCIONADO O MISTÉRIO DE OXSHOTT.
SUPOSTO ASSASSINO É PRESO.

Quando li essa manchete, Holmes saltou de sua cadeira.

– Santo Deus! – exclamou. – Quer dizer que Baynes o pegou?

– Parece – respondi, enquanto lia para ele a reportagem:

"Causou grande agitação em Esher e no distrito vizinho a notícia de que, na noite passada, foi efetuada uma prisão relativa ao assassinato de Oxshott. Vale lembrar que o Sr. Garcia, de Wistaria Lodge, foi encontrado morto no parque de Oxshott, com o corpo mostrando sinais de extrema violência. Na mesma noite, seu criado e o cozinheiro fugiram, o que parecia relacionar os dois ao crime. Foi sugerido, mas nunca provado, que o falecido tinha objetos valiosos na casa e que o motivo do crime seria o roubo. O inspetor Baynes, encarregado do caso, fez todos os esforços para descobrir o esconderijo dos fugitivos. Ele tinha razões para crer que os dois não estavam longe. Era certo, desde o princípio, que eles seriam encontrados, pois o cozinheiro, como se sabe pelo depoimento de testemunhas, tinha uma aparência extraordinária – era um mestiço enorme, com pele amarela mas de feições negroides. Esse homem já foi visto depois do crime, pois o policial Walters o perseguiu quando esse cozinheiro teve a ousadia de voltar a Wistaria Lodge. O inspetor Baynes, considerando que seu retorno tinha algum objetivo, julgou que ele se repetiria. Então, abandonou a guarda da casa, montando uma emboscada nos arbustos que cercam a edificação. O homem caiu na armadilha e foi capturado na noite passada, depois de uma luta, na qual o policial Downing foi mordido furiosamente pelo suspeito. Acredita-se que a polícia irá conseguir a ordem de prisão nas próximas horas, e espera-se que novos desdobramentos surjam dessa captura."

– Precisamos ver Baynes imediatamente – disse Holmes, pegando seu chapéu. – Vamos pegá-lo antes que saia.

Nós corremos pela rua e encontramos o inspetor, como Holmes dissera, no momento em que saía de casa.

– Leu o jornal, Sr. Holmes? – ele perguntou, entregando um para nós.

– Sim, Baynes, já li. Por favor, não se ofenda se eu lhe der um aviso de amigo.

– Que aviso, Sr. Holmes?

– Já investiguei um bocado desse caso, e não estou convencido de que o senhor esteja na pista certa. Não quero que se exponha muito, a não ser que tenha certeza.

– É muito gentil, Sr. Holmes.

– Falo para o seu bem.

Pareceu-me, por um instante, perceber uma rápida piscadela nos pequenos olhos do Sr. Baynes.

– Concordamos em trabalhar separadamente, Sr. Holmes. É o que estou fazendo.

– Oh, tudo bem – disse Holmes. – Não me culpe por tentar ajudar.

– Não, senhor. Acredito que só quer o meu bem. Mas temos nossos próprios métodos, Sr. Holmes. O senhor tem o seu, e talvez eu tenha o meu.

– Assunto encerrado – disse Holmes.

– O senhor sinta-se à vontade para se inteirar dos meus avanços. Esse sujeito é um verdadeiro selvagem, forte como um cavalo e violento como o diabo. Quase arrancou o dedo de Downing antes que conseguissem segurá-lo. Quase não fala inglês e nada conseguimos dele, a não ser grunhidos.

– E o senhor acha que tem evidências de que ele assassinou o patrão?

– Eu não disse isso. Cada um tem seu método. Tente o seu, que eu tento o meu. Esse é o acordo.

Holmes deu de ombros e fomos embora juntos.

– Não entendo esse homem. Para mim, parece que vai se dar mal. Bem, como ele disse, cada um deve tentar seu método e ver o que consegue. Mas existe algo nesse inspetor Baynes que eu não compreendo.

– Sente-se naquela poltrona, Watson – disse Sherlock Holmes quando voltamos para nosso quarto no Bull. – Quero colocar você a par da situação, pois talvez precise de sua ajuda esta noite. Vou lhe contar como o caso tem evoluído, até onde consegui chegar. Ainda que tenha características simples, este caso apresenta dificuldades surpreendentes no que diz respeito à prisão do assassino. Existem falhas que precisam ser superadas.

"Vamos voltar à mensagem entregue a Garcia na noite de sua morte. Podemos deixar de lado essa ideia do Baynes de que os criados de Garcia estão relacionados à sua morte. A prova disso está no fato de que foi *ele* quem arranjou para que Scott Eccles estivesse lá, servindo assim de álibi. Era Garcia, então, quem tinha um propósito aparentemente criminoso, quando morreu. Digo isso porque somente um homem com um projeto de crime pensaria em providenciar um álibi. Quem, então, teria a maior probabilidade de lhe tirar a vida? Certamente a pessoa contra quem ele atentaria. Até aí parece que estamos certos.

"Dessa forma, podemos ver uma razão para o desaparecimento dos criados de Garcia. Eram *todos* cúmplices no mesmo crime desconhecido. Se Garcia retornasse, as suspeitas seriam eliminadas pelo testemunho de Scott Eccles. Mas, se esse crime fosse perigoso e Garcia *não* voltasse até determinada hora, era provável que ele tivesse sucumbido. Portanto, já estava arranjado para que seus subordinados fugissem para algum lugar predeterminado, onde poderiam escapar à investigação para que, mais tarde, pudessem tentar novamente. Isso explicaria tudo, ou não?"

Todo aquele emaranhado inexplicável pareceu se dissolver diante de mim. Perguntei-me, como sempre fazia, como eu fora capaz de não enxergar algo tão óbvio.

– Mas por que o cozinheiro voltou à casa?

– Podemos imaginar que, na confusão da fuga, algo de valor, algo do qual ele não pudesse se separar, ficou para trás. Isso explicaria sua persistência, certo?

– Bem, e o que fazemos em seguida?

– O próximo passo é a mensagem recebida por Garcia durante o jantar. Ela indica que há um cúmplice na outra ponta do mistério. Agora, onde está essa ponta? Já lhe expliquei que tem de ser alguma casa grande, e o número de residências assim é limitado. Meus primeiros dias nesta vila foram dedicados a uma série de caminhadas e, durante os intervalos de minhas pesquisas botânicas, investiguei todas essas mansões e as famílias que nelas moram. Uma casa, e somente uma, chamou minha atenção. É a antiga e famosa granja estilo jacobita, High Gable, a um quilômetro e meio para lá de Oxshott e a menos de um quilômetro do local do crime. As outras mansões pertencem a pessoas comuns e respeitáveis, que vivem longe de qualquer tipo de aventura. Mas o Sr. Henderson, de High Gable, é um homem curioso, com quem podem acontecer coisas interessantes. Concentrei minha atenção, portanto, nele e nas pessoas que moram com ele.

"Trata-se de um grupo único de pessoas, Watson, sendo que Henderson é o mais original deles todos. Consegui encontrá-lo sob um pretexto plausível, mas parece que li, naqueles olhos escuros e profundos, que ele sabia por que, na verdade, eu estava ali. Deve ter uns cinquenta anos, é forte, ativo, com cabelos grisalhos, sobrancelhas espessas, a passada de um cervo e ares de um imperador. Um homem violento, dominador, de temperamento quente por trás daquele rosto curtido. Ele é estrangeiro ou viveu muito tempo nos trópicos, pois é bronzeado e seco, embora rijo como uma barra de ferro. O Sr. Lucas, seu amigo e secretário, é sem dúvida estrangeiro. Tem a pele cor de chocolate, é charmoso, arisco e tem um jeito de falar ao mesmo tempo manso e venenoso. Como pode ver, Watson, deparamo-nos com dois grupos de estrangeiros – um em Wistaria Lodge e outro em High Gable. As lacunas começam a ser preenchidas.

"Esses dois homens, amigos muito próximos, são figuras centrais nesse grupo. Mas há outra pessoa, que para os nossos objetivos imediatos é mais importante. Henderson tem duas filhas, de onze e treze anos. A governanta delas é a Srta. Burnet, uma inglesa de quarenta e poucos anos. Eles também têm um criado de confiança. Esse pequeno grupo viaja sempre junto, e Henderson é um grande viajante, sempre em movimento. Ele voltou há poucas semanas, depois de um ano ausente de High Gable. Devo acrescentar que ele é muito rico e, quaisquer que sejam seus caprichos, pode satisfazê-los facilmente. Quanto ao resto, a casa é repleta de mordomos, lacaios, arrumadeiras e toda a criadagem – superalimentada e com pouco o que fazer – normalmente encontrada nas grandes casas de campo inglesas.

"Fiquei sabendo disso tudo em parte pelas conversas na vila e em parte por minhas próprias observações. Não há melhores informantes que empregados demitidos, com raiva do ex-patrão, e tive a sorte de encontrar um. Disse sorte, mas não o teria encontrado se não estivesse procurando. Como diz Baynes, cada um de nós tem seus métodos. O meu permitiu-me encontrar John Warner, ex-jardineiro de High Gable, despedido num momento de raiva de seu imperioso patrão. Ele, por sua vez, tem amigos entre os criados que continuam a trabalhar para Henderson. Assim, consegui minha fonte de informações sobre aquela casa.

"Gente estranha, Watson! Não pretendo compreendê-los, mas são estranhos. A casa tem duas alas, uma para os criados e outra para a família. Não há ligação entre as duas, a não ser uma única porta. O criado pessoal de Henderson serve as refeições para a família. A governanta e as crianças só saem até o jardim. Henderson nunca sai sozinho. Aquele secretário sombrio está sempre com ele. A fofoca que corre entre os empregados é que o patrão tem um medo terrível de alguma coisa. 'Vendeu a alma ao diabo em troca de dinheiro', disse Warner, 'e teme que o credor venha cobrar-lhe'. Ninguém faz ideia de quem sejam ou de onde vieram. São muito violentos. Por duas vezes Henderson já bateu em pessoas com seu chicote de caça, e foi só a sua fortuna que o manteve longe dos processos.

"Agora, Watson, vamos avaliar a situação à luz dessas informações. Vamos supor que a carta tenha sido enviada dessa casa estranha, e que era um convite para que Garcia executasse um atentado já planejado. Quem escreveu a mensagem? Alguém de dentro, uma mulher. Quem, então, senão a Srta. Burnet, a governanta? Tudo parece indicar nessa direção. De qualquer modo, podemos assumir isso como uma hipótese e ver até onde nos leva. Devo acrescentar que a idade e a personalidade da Srta. Burnet acabam com minha primeira ideia, a de que havia um problema romântico em nossa história.

"Se foi ela que escreveu o bilhete, então ela era amiga e cúmplice de Garcia. O que faria, então, ao saber da morte dele? Se Garcia morreu numa empreitada criminosa, ela nada revelaria. Ainda assim, ela nutriria ódio e rancor contra aqueles que o mataram e provavelmente faria o que pudesse para ajudar a vingá-lo. Poderíamos vê-la e tentar usá-la a nosso favor? Esse foi meu primeiro pensamento, mas algo de estranho aconteceu. A Srta. Burnet não é vista desde a noite do assassinato. Desapareceu. Será que está viva? Será que encontrou seu destino na mesma noite que o amigo que ela chamou? Ou está simplesmente presa? Isso nós teremos que descobrir.

"Repare na dificuldade da situação, Watson. Não há nada que nos permita pedir um mandado. Todo o nosso esquema pareceria fantástico para um juiz. O desaparecimento da mulher nada representa, pois, naquela casa fora do comum, é normal uma pessoa desaparecer por uma semana. Ainda assim, a vida dela pode estar em perigo neste momento. Tudo o que posso fazer é vigiar a casa e manter meu agente, Warner, de guarda no portão. Mas não podemos deixar que tal situação continue indefinidamente. Se a lei nada pode fazer, temos que nos arriscar."

– O que sugere?

– Eu sei qual é o quarto dela. Pode-se chegar a ele pelo telhado da edícula. Minha sugestão é que nós vamos até lá esta noite para ver se conseguimos dar um golpe no coração desse mistério.

Preciso confessar que não era uma perspectiva muito sedutora. Aquela casa velha, com sua atmosfera criminosa, os moradores esquisitos, os perigos ocultos e o fato de estarmos indo contra a lei, tudo isso somava-se para enfraquecer meu entusiasmo. Mas havia algo no raciocínio frio de Holmes que tornava impossível eu me esquivar de qualquer aventura que ele sugerisse. Eu sabia que assim, e só assim, uma solução poderia ser encontrada. Sem dizer nada, apertei sua mão, e a sorte estava lançada.

Nossa investigação, no entanto, não estava destinada a ter conclusão tão aventureira. Eram cinco horas da tarde, as sombras da noite de março começavam a cair quando um homem nervoso entrou no nosso quarto.

– Eles se foram, Sr. Holmes. Foram no último trem. A moça fugiu, e eu a coloquei numa carruagem que está aí embaixo.

– Excelente, Warner! – exclamou Holmes, pondo-se de pé. – Watson, as lacunas estão sendo preenchidas rapidamente.

Na carruagem estava uma mulher semi-inconsciente devido à exaustão nervosa. O rosto magro e aquilino mostrava sinais de alguma tragédia recente. A cabeça pendia sobre o peito, mas, quando ela a ergueu e fitou-nos com seus olhos opacos, vi que as pupilas eram dois pontos escuros no meio das grandes íris cinzentas. Ela fora drogada com ópio.

– Fiquei vigiando o portão, Sr. Holmes, do jeito que mandou – disse nosso emissário, o jardineiro despedido. – Quando a carruagem saiu, eu a segui até a estação de trem. Ela parecia estar dormindo enquanto andava. Mas, quando tentaram colocá-la no trem, acordou e brigou. Empurraram a moça, mas ela lutou e saiu. Eu a peguei e a coloquei na carruagem, e aqui estamos. Não vou esquecer o rosto que vi na janela do vagão quando saí com ela: um demônio amarelo de olhos pretos! Eu estaria acabado se ele pusesse as mãos em mim.

Levamos a Srta. Burnet até o quarto, fizemos com que se deitasse no sofá e lhe servimos algumas xícaras de café bem forte, para clarear-lhe o cérebro dos efeitos da droga. Baynes fora chamado por Holmes, que rapidamente lhe explicou a situação.

– Ora, Sr. Holmes, conseguiu a testemunha que eu queria – disse o inspetor, calorosamente, enquanto apertava a mão do meu amigo.
– Eu estava no mesmo rastro que o senhor, desde o começo.
– O quê! Estava atrás de Henderson?
– Ora, Sr. Holmes, enquanto engatinhava no meio dos arbustos, eu estava no alto de uma das árvores e o vi lá embaixo. Era só uma questão de ver quem conseguia primeiro a prova necessária.
– Então, por que prendeu o mestiço?
Baynes riu.
– Eu sabia que Henderson, que é como ele diz se chamar, tinha certeza de que suspeitavam dele. Assim, ele ficaria de sobreaviso e nada faria enquanto pensasse estar em perigo. Eu prendi o homem errado para fazê-lo acreditar que não estávamos de olho nele. Isso faria com que ele tentasse fugir, dando-nos uma chance de pegar a Srta. Burnet.
Holmes pôs a mão no ombro do inspetor.
– O senhor vai longe em sua profissão. Tem instinto e intuição.
Baynes corou de alegria.
– Eu tinha posto um homem à paisana na estação, para seguir o pessoal do Henderson. Ele não deve ter sabido o que fazer quando a Srta. Burnet fugiu. Mas o seu homem a pegou, e tudo ficou bem. Não podemos prendê-lo sem o testemunho dela, de modo que o quanto antes conseguirmos esse depoimento, melhor.
– Ela está se recuperando – disse Holmes, olhando para a governanta. – Mas diga-me, Baynes, quem é esse Henderson?
– Henderson – respondeu o inspetor – é Don Murillo, o chamado Tigre de São Pedro.

O Tigre de São Pedro! Relembrei instantaneamente de toda a história daquele homem, que fez fama como o mais indecente e sanguinário tirano que já governou um país civilizado. Forte, destemido e enérgico, conseguiu aterrorizar todo um povo durante dez ou doze anos. Seu nome era temido em toda a América Central. No final, houve uma rebelião contra ele. Mas, igualmente cruel e astuto, ao primeiro sinal de problema, ele retirou seus tesouros e sua família num navio tripulado por partidários seus. Os insurretos tomaram um palácio vazio no dia seguinte. O ditador, suas duas filhas, seu secretário e seu tesouro haviam fugido. A partir daquele momento o Tigre de São Pedro desapareceu, e sua identidade tem sido, desde então, motivo de especulações na imprensa europeia.

– Sim, senhor; Don Murillo, o Tigre de São Pedro – disse Baynes. – Se pesquisar, irá descobrir que as cores de São Pedro são verde e branco, como dizia a mensagem. Ele dizia se chamar Henderson, mas eu consegui descobrir o caminho que trilhou, por Paris, Roma, Madri e Barcelona, aonde seu navio chegou em 1886. Os rebeldes têm procurado por ele, em busca de vingança, mas só agora chegaram perto.

– Conseguiram descobri-lo há um ano – disse a Srta. Burnet, que se sentara e acompanhava a conversa. – Já atentaram contra sua vida uma vez, mas algum espírito do mal o protegeu. Agora foi o nobre Garcia que caiu, enquanto o monstro continua a salvo. Mas outros virão, até que, algum dia, a justiça seja feita. Isso é tão certo como o nascer do sol. Suas mãos se crisparam e seu rosto empalideceu de ódio.

– Mas de que forma a senhora participa desse drama? – perguntou Holmes. – Como uma senhora inglesa se envolveu nesse assassinato?

– Tomei parte porque não havia outra forma de se fazer justiça. A Justiça inglesa não se importa com os rios de sangue que correram em São Pedro ou com o navio *cheio* de ouro que esse homem roubou. Para os senhores, são crimes cometidos em outro planeta. Mas nós aprendemos a verdade com dor e sofrimento. Para nós, não há demônio no inferno que se compare a Juan Murillo, e não haverá paz enquanto suas vítimas clamarem por vingança.

– Tenho certeza de que ele era como a senhora diz – falou Holmes. – Soube de suas atrocidades. Mas como isso a afetou?

– Vou lhe contar tudo. Esse bandido assassinava, sob qualquer pretexto, os homens que demonstravam ter capacidade para lhe serem rivais. Meu marido... sim, meu nome verdadeiro é *signora* Victor Durando... era o plenipotenciário de São Pedro em Londres. Foi lá que nos conhecemos e casamos. Nunca houve homem mais nobre. Infelizmente, Murillo soube de suas qualidades, chamou-o de volta sob algum pretexto e fuzilou-o. Temendo por nosso destino, meu marido não quis me levar quando foi chamado. Suas propriedades foram confiscadas, e eu fiquei na miséria, com o coração partido.

"Então o tirano caiu, mas escapou, como o senhor descreveu. Mas aqueles cujas vidas Don Murillo arruinou, cujos parentes e amigos torturou e matou, não vão deixá-lo descansar. Criaram uma sociedade que não se dissolverá até concluir o trabalho. Minha missão, depois que descobrimos que o déspota havia se transformado em Henderson, foi empregar-me como sua governanta para vigiar seus movimentos. Ele não sabia que a mulher que o encarava em todas as refeições era aquela cujo marido fuzilara injustamente. Eu sorria para ele e cuidava das crianças enquanto esperava minha oportunidade. Um atentado foi feito em Paris, mas falhou. Ziguezagueamos rapidamente por toda a Europa, para despistar os perseguidores, e finalmente voltamos para essa casa, que ele comprara da primeira vez que estivera na Inglaterra.

"Mas aqui, também, os guardiães da justiça esperavam-no. Sabendo que ele voltaria, Garcia, que é filho do antigo maior dignitário de São Pedro, aguardava uma oportunidade com dois companheiros, todos motivados pelas mesmas razões. Pouco podiam fazer durante o dia, pois Murillo tomava todas as precauções e nunca saía sem Lucas, ou Lopez, como era chamado em São Pedro. À noite, contudo, ele dormia sozinho, e o vingador poderia pegá-lo. Numa determinada noite, enviei instruções ao meu amigo, pois o tirano estava sempre alerta e cada noite dormia num quarto. Eu fiquei de providenciar para que as portas estivessem abertas. Colocaria uma luz verde ou branca na janela que dá para a alameda, indicando se estávamos em segurança ou se o atentado deveria ser adiado.

"Mas tudo deu errado. De alguma forma, Lopez, o secretário, começou a desconfiar de mim. Aproximou-se sorrateiramente e pegou-me assim que terminei de escrever a mensagem. Ele e seu chefe arrastaram-me para o quarto, onde me julgaram como traidora. Teriam me cortado a garganta se soubessem como escapar às consequências. Finalmente, depois de muito discutirem, chegaram à conclusão de que era muito perigoso me matar. Mas decidiram livrar-se de Garcia. Murillo torceu meu braço até eu lhe dar o endereço. Juro que ele poderia tê-lo arrancado, se eu soubesse o que aconteceria com Garcia. Lopez escreveu o endereço na carta que eu redigira, lacrou-a com a abotoadura e enviou-a por José, o criado. Não sei como o assassinaram, só sei que foi Murillo quem o matou, pois Lopez ficou me vigiando. Acredito que ele ficou esperando atrás dos arbustos que ladeiam a estrada e atacou Garcia quando este passou. Primeiro pensaram em deixá-lo entrar para matá-lo como a um ladrão, mas concordaram que não deveriam envolver-se num inquérito, em que suas identidades pudessem ser reveladas publicamente, o que os exporia a novos ataques. Com a morte de Garcia, a perseguição poderia terminar, já que, talvez, amedrontasse os outros.

"Agora as coisas estariam bem para eles, se eu não soubesse de tudo. Tenho certeza de que minha vida esteve por um fio. Fiquei confinada no meu quarto, apavorada pelas mais terríveis ameaças e tratada cruelmente para me abaterem a coragem – vejam este corte no ombro e os hematomas nos braços. Finalmente, uma vez que tentei gritar na janela, eles me amordaçaram. Fiquei presa durante cinco dias, recebendo quase nenhuma comida. Esta tarde trouxeram-me um almoço decente, mas logo percebi que haviam posto drogas na comida. Lembro-me de que, numa espécie de sonho, levaram-me para a carruagem. No mesmo estado fui conduzida para o trem. Somente então, quando as rodas já começavam a se mover, percebi que minha liberdade dependia apenas de mim. Pulei; eles tentaram me segurar, mas este bom homem ajudou-me a escapar e entrar numa carruagem. Se não fosse por ele, eu não teria conseguido. Agora, graças a Deus, estou livre deles."

Todos ouvimos atentamente aquele notável depoimento. Foi Holmes quem falou primeiro.

– Nossas dificuldades não terminaram – disse balançando a cabeça. – O trabalho policial terminou, mas o legal está apenas começando.

– Exatamente – eu disse. – Um bom advogado poderá fazer a morte de Garcia parecer um ato de legítima defesa. Don Murillo pode ter centenas de crimes nas costas, mas só pode ser julgado por esse.

– Vamos, vamos – disse Baynes entusiasmado –, tenho melhor opinião sobre nossa Justiça. Legítima defesa é uma coisa. Outra é tocaiar um homem com o objetivo de assassiná-lo a sangue-frio, e não importa o perigo que supostamente ele possa representar. Não, não! A justiça será feita quando virmos os moradores de High Gable perante o Tribunal de Guildford.

Pertence à história, contudo, o fato de que ainda se passaria algum tempo até que o Tigre de São Pedro recebesse seu castigo. Astuto e corajoso, ele e seu comparsa despistaram seus perseguidores ao entrarem numa pensão na Rua Edmonton e saírem pela porta dos fundos, na Praça Curzon. Daquele dia em diante, nunca mais foram vistos na Inglaterra. Cerca de seis meses depois, o marquês de Montalva e seu secretário, *signor* Rulli, foram assassinados em seus quartos no Hotel Escurial, em Madri. O crime foi atribuído a partidários do Niilismo, e os assassinos nunca foram presos. O inspetor Baynes veio nos visitar na Rua Baker, trazendo um retrato do rosto sombrio daquele secretário morto em Madri, e outro de seu patrão, com as feições dominadoras, olhos negros e magnéticos, sobrancelhas espessas. Não tivemos dúvida de que a justiça fora feita, ainda que tardiamente.

– Um caso caótico, meu caro Watson – disse Holmes, fumando seu cachimbo. – Não lhe será possível apresentá-lo daquela forma compacta que tanto lhe agrada. Abrange dois continentes, dois grupos de pessoas misteriosas e é complicado ainda mais pela presença altamente respeitável de nosso amigo Scott Eccles, cuja participação me fez perceber como o falecido Garcia era astuto e sabia planejar. É notável apenas o fato de que, no meio desse cipoal de possibilidades, tenhamos conseguido, juntamente com o inspetor Baynes, nos ater ao essencial e não nos perdermos nesse caminho tortuoso. Existe algo que não tenha ficado claro para você?

– O motivo de o cozinheiro mestiço voltar?

– Acho que aquela criatura estranha na cozinha era o motivo. O homem era um nativo das florestas de São Pedro, e aquele era seu fetiche. Quando ele e seu amigo fugiram para algum esconderijo pré-arranjado, sem dúvida já ocupado por outro cúmplice, o amigo persuadiu-o a deixar aquele comprometedor detalhe de decoração. Mas era o objeto de devoção do mestiço, que o fez voltar na noite seguinte, quando, ao olhar pela janela, viu o policial Walters de guarda. Ele esperou mais três dias, quando sua superstição fez com que voltasse. O inspetor Baynes, com sua astúcia natural, havia minimizado o incidente na minha frente, mas preparou uma armadilha para pegá-lo. Algo mais, Watson?

– O pássaro branco, o balde de sangue, os ossos queimados, todo o mistério daquela cozinha esquisita.

Holmes sorriu e abriu seu caderno.

– Passei uma manhã no Museu Britânico pesquisando isso e outras coisas. Ouça esta citação de *Vodu e Religiões Afro-Americanas*, de Eckermann:

"O verdadeiro seguidor do Vodu nada faz de importante sem realizar sacrifício a seus deuses. Em casos extremos, esses rituais tomam a forma de sacrifícios humanos seguidos de canibalismo. A vítima mais comum é um galo branco, despedaçado ainda vivo, ou uma cabra preta, cuja garganta é cortada e os ossos são queimados."

– Você pode ver que nosso amigo nativo era bastante ortodoxo em seu ritual. É algo grotesco, Watson – disse Holmes, enquanto fechava lentamente seu caderno de notas –, mas, como já lhe disse, do grotesco à tragédia, basta um passo.

OS PLANOS DO SUBMARINO BRUCE-PARTINGTON

Na terceira semana de novembro, no ano de 1895, um denso nevoeiro amarelado cobriu Londres. De segunda a quinta, foi impossível enxergar as fachadas das casas em frente ao nosso apartamento, na Rua Baker. Holmes passou o primeiro dia fazendo o índice de seu grande livro de referências. No segundo e no terceiro, dedicou-se pacientemente a um assunto que transformara em passatempo: música da Idade Média. Mas, quando, pela quarta vez, depois do café da manhã, vimos novamente as nuvens que cobriam a rua condensando-se em gotas oleosas nas janelas, a natureza impaciente e ativa do meu amigo não conseguiu mais suportar aquele marasmo. Holmes começou a andar para um lado e para outro em nossa sala de estar, mordendo as unhas, batucando nos móveis e reclamando contra a falta de atividade.

– Nada de interessante nos jornais, Watson? – perguntou.

Eu sabia que Holmes se referia a algo *criminalmente* interessante. Havia notícias de uma revolução, da possibilidade de uma guerra, da troca de governo, mas nada disso interessava ao meu amigo. Nada encontrei, nas páginas policiais, que fugisse ao lugar-comum e à banalidade. Holmes resmungou e continuou com sua agitação.

– Os criminosos londrinos não têm criatividade – ele disse, numa voz queixosa de caçador que deixou a presa escapar. – Olhe pela janela, Watson, veja como as figuras das pessoas estão indistintas, quase não se pode vê-las, misturadas à neblina. Ladrões e assassinos poderiam andar por Londres, num dia como hoje, da mesma forma que um tigre anda pela selva, sem ser visto até que ataque e, mesmo assim, só percebido pela vítima.

– Apenas alguns furtos... – eu disse, folheando o jornal.

Holmes resmungou seu desprezo.

— Esse palco, grandioso e sombrio, está preparado para algo mais magnífico que isso – disse. – É uma sorte para a sociedade que eu não seja um criminoso.

— Realmente! – concordei, enfático.

— Suponha que eu fosse Brooks ou Woodhouse, ou qualquer um dos cinquenta homens que têm bons motivos para me tirar a vida. Quanto tempo eu sobreviveria à minha própria perseguição? Um chamado para um compromisso falso e acabou. Graças a Deus! Parece que vem algo para nos tirar desse tédio mortal.

Era a criada com um telegrama. Holmes abriu-o e começou a rir.

— Ora, ora! Era só o que faltava – disse ele. – Meu irmão Mycroft vem nos ver.

— Que tem isso de mais? – perguntei.

— Que tem isso de mais? É o mesmo que ver um bonde passando por uma estradinha do interior. Mycroft tem seus trilhos e só anda neles. Seu apartamento em Pall Mall, o Clube Diógenes, Whitehall, essa é a sua rota. Uma vez, e apenas uma, ele esteve aqui. Que acidente pode tê-lo feito descarrilar?

— Ele não diz aí?

Holmes entregou-me o telegrama do irmão.

"Preciso falar-lhe de Cadogan West. Vou imediatamente – MYCROFT."

— Cadogan West? Já ouvi este nome.

— Não me diz nada. Mas Mycroft quebrar sua rotina dessa forma! Continuando assim, um planeta vai sair de órbita. A propósito, você se lembra de Mycroft?

Eu tinha uma vaga lembrança de sua personalidade, do episódio do Intérprete Grego[1].

— Você me contou que ele trabalhava em algum departamento do governo britânico.

Holmes riu.

— Eu não conhecia você muito bem naquela época. E os assuntos de Estado nos obrigam a sermos discretos. Você está certo ao pensar que ele trabalha para o governo. Também estaria correto, de certo modo, se dissesse que, de vez em quando, Mycroft *é* o próprio governo britânico.

— Ora essa, Holmes!

— Achei que isso o surpreenderia. Mycroft recebe apenas 450 libras por ano, é um subordinado, não tem ambições, não receberá honra nem título e, mesmo assim, é o homem mais indispensável ao país.

— Mas como?

---

[1] *O caso do Intérprete Grego,* publicado pela Melhoramentos em *O Ritual Musgrave e outras Aventuras.*

— Bem, a posição dele é única. Ele mesmo a desenvolveu. Nunca houve igual nem haverá no futuro. Ele tem o cérebro mais capaz e mais organizado, com maior capacidade para armazenar informações, que qualquer outro homem vivo. A mesma capacidade que eu emprego na investigação criminal, ele usa em seus afazeres. Todas as conclusões dos Ministérios passam por ele, que é o centro, o ponto de equilíbrio. Todos os outros são especialistas, mas a especialidade de Mycroft é a onisciência. Vamos supor que um ministro necessite de informações sobre um assunto que envolva Marinha, Canadá, Índia e ligas metálicas. Ele poderia obter dados separados de vários departamentos, mas só meu irmão consegue enxergar o conjunto e dizer como cada fator afeta o outro. O governo começou usando-o como um quebra--galho, uma conveniência, mas ele tornou-se essencial. Naquele grande cérebro, tudo é filtrado e processado num instante. Diversas vezes sua opinião decidiu a política nacional. Ele vive para isso. Não pensa em nada mais, a não ser quando, como exercício intelectual, aconselha--me em algum dos meus probleminhas. Mas o que significa isso? Quem é Cadogan West e o que ele representa para Mycroft?

— Já sei! — exclamei, revirando a pilha de jornais sobre o sofá. — Isso mesmo, aqui está! Cadogan West é o jovem encontrado morto nos trilhos do metrô na manhã de terça-feira.

Holmes aprumou-se na cadeira, atento.

— Isso pode ser sério, Watson. Uma morte que fez meu irmão alterar seus hábitos não pode ser pouca coisa. Qual pode ser a relação dele com isso? O caso parecia desinteressante, pelo que me lembro. O jovem aparentemente morreu ao cair do trem. Não foi roubado e não havia motivos para se suspeitar de violência. Não foi isso?

— Foi iniciado inquérito — eu disse —, e parece que muitos fatos novos estão surgindo. Olhando mais de perto, eu diria que é um caso curioso.

— A julgar pelo efeito que teve em meu irmão, penso que deva ser extraordinário — disse Holmes, recostando-se na poltrona. — Agora, Watson, vamos aos fatos.

— O nome dele era Arthur Cadogan West. Tinha vinte e sete anos, era solteiro e trabalhava no Arsenal de Woolwich.

— Emprego público. Veja a ligação com meu irmão!

— "Saiu de Woolwich na noite de segunda. Foi visto pela última vez pela noiva, Srta. Violet Westbury, que ele abandonou, abruptamente, no meio da neblina, às sete e meia da noite. Eles não brigaram, e a moça não sabe explicar a atitude do noivo. A próxima notícia que se teve dele foi quando um empregado da manutenção do metrô, chamado Mason, descobriu seu corpo na linha, próximo à estação de Aldgate."

– Quando?
– "O corpo foi encontrado às seis da manhã de terça-feira. Estava sobre os trilhos, na mão esquerda da linha em direção ao leste, próximo à estação, onde a linha sai do túnel. A cabeça estava esmagada – um ferimento que pode ter sido provocado pela queda do trem. O corpo só pode ter surgido na linha dessa forma. Se tivesse sido trazido de alguma rua próxima, teria de passar pelas catracas da estação, onde há sempre um cobrador."
– Muito bem. Até aí está claro. O homem, morto ou vivo, caiu ou foi atirado de um trem. Continue.
– "Os trens que trafegam nas linhas ao lado de onde estava o corpo vão de oeste para leste, sendo alguns exclusivamente metropolitanos e outros de Willesden e arredores. Pode-se afirmar, com certeza, que esse jovem, quando morreu, estava indo nessa direção, tarde da noite, mas é impossível afirmar em que estação ele subiu."
– O bilhete indica onde ele subiu.
– Ele não tinha nenhum bilhete nos bolsos.
– Nenhum bilhete! Ora essa, Watson, isso é realmente estranho. Por experiência própria, sei que não é possível chegar à plataforma de um trem do metrô sem mostrar o bilhete. Presume-se, então, que esse jovem tinha um. Será que o tiraram dele para esconder a estação na qual subiu? É possível. Ou ele deixou cair no vagão? Também é possível. Mas é um fato interessante. Entendi que não havia indícios de roubo?
– Aparentemente, não. Aqui há uma lista do que encontraram com ele: duas libras e quinze xelins, talão de cheques do banco Capital & Counties, agência de Woolwich. Foi assim que determinaram sua identidade. Havia também dois ingressos para o Teatro de Woolwich, com data daquela noite, e um pacote de desenhos técnicos.
Holmes exclamou de satisfação.
– Aí está, afinal, Watson! Governo britânico, Arsenal de Woolwich, desenhos técnicos, Mycroft. O círculo está fechado. Mas aí vem ele, se não me engano, para se explicar.
Logo depois, o alto e corpulento Mycroft Holmes entrou em nossa sala. Pesado e volumoso, seu corpo denunciava uma inércia física. Contudo, acima dessa estrutura rígida havia uma cabeça poderosa, com profundos olhos cinzentos e lábios firmes, capaz de expressões tão sutis que, depois da primeira impressão, esquecia-se o corpo e só se conseguia lembrar do intelecto predominante.
Atrás dele vinha nosso velho amigo Lestrade, inspetor da Scotland Yard. A seriedade dos dois antecipava alguma missão realmente importante. Sherlock cumprimentou-os sem nada dizer.

Mycroft Holmes desvencilhou-se de seu sobretudo e esparramou-se numa poltrona.

— Um caso preocupante, Sherlock — disse ele. — Não gosto nem um pouco de alterar meus hábitos, mas as autoridades envolvidas não quiseram ouvir negativas. Na atual situação do Sião[2], é extremamente inconveniente que eu me afaste do escritório. Mas esta é uma crise de verdade. Nunca vi o primeiro-ministro tão preocupado. Quanto ao Almirantado, aquilo está que parece um enxame de abelhas. Já leu sobre o caso?

— Acabamos de ler. O que são esses desenhos técnicos?

— Ah, esse é o ponto! Felizmente, isso não foi revelado, senão a imprensa faria um alvoroço daqueles. Os desenhos que esse infeliz tinha no bolso eram os planos do submarino Bruce-Partington.

Mycroft Holmes falou com uma solenidade que demonstrava a importância que ele dava ao assunto. Eu e Sherlock ficamos esperando por mais informações.

— Não ouviram falar? Pensei que todo mundo já soubesse.

— O nome não é estranho.

— É um empreendimento extremamente importante. Tem sido o segredo mais bem guardado pelo governo. Pode acreditar que não existirá batalha naval possível no raio de operação de um Bruce--Partington. Há dois anos uma grande quantia do orçamento foi desviada para a compra da invenção. Todos os esforços foram feitos para se garantir o segredo. Os planos, terrivelmente complicados, consistem em trinta patentes separadas, cada uma essencial ao funcionamento do todo. Esses papéis são mantidos num cofre de segurança máxima num escritório confidencial dentro do Arsenal, com portas e janelas à prova de ladrões. Sob nenhuma circunstância os planos podem ser retirados do escritório. Se o engenheiro-chefe da Marinha quiser consultá-los, precisa ir até Woolwich para fazê-lo. E mesmo assim foram encontrados nos bolsos de um funcionário de terceiro escalão, achado morto no centro de Londres. Para o governo isso é terrível.

— Mas eles foram recuperados?

— Não, Sherlock, não! Esse é o problema. Dez desenhos foram retirados de Woolwich. Havia somente sete nos bolsos de Cadogan West. Os três principais desapareceram; roubados, talvez. Precisa interromper tudo o que estiver fazendo, Sherlock. Deixe para lá suas investigaçõezinhas policiais. Este é um problema internacional vital, que você precisa resolver. Por que Cadogan West pegou os desenhos, onde estão os três que faltam, como ele morreu, como seu corpo foi

---

[2] Atual Tailândia.

parar ali e como consertar o estrago? Arrume respostas para todas essas perguntas e terá prestado um valioso serviço ao seu país.
— Por que não resolve você mesmo, Mycroft? Enxerga tão longe quanto eu.
— Talvez, Sherlock. Mas essa questão está nos detalhes. Dê-me os detalhes e, da minha poltrona, posso dar-lhe uma opinião excelente. Mas correr de um lado para outro, interrogar guardas do metrô e ficar de cara no chão com uma lente de aumento não é o meu ramo. Não, não. Você é o homem que pode resolver esse caso. Se deseja ver seu nome na próxima lista de honrarias do Estado...

Meu amigo sorriu e balançou a cabeça.

— Eu jogo pelo amor ao jogo. Mas o problema certamente é interessante e ficarei feliz em investigá-lo. Mais fatos, por favor.

— Anotei o que havia de essencial nesta folha de papel, junto com alguns endereços que julgará úteis. O guardião oficial dos planos é *Sir* James Walter, o famoso perito do governo, cujas condecorações e títulos enchem duas páginas de uma enciclopédia. Está há muito tempo no serviço, é um cavalheiro, muito querido pelas melhores famílias e, principalmente, é um homem cujo patriotismo está acima de qualquer suspeita. Ele é um dos dois que têm a chave do cofre. Devo acrescentar que os papéis estavam, com toda certeza, no escritório durante o horário comercial de segunda-feira, e que *Sir* James foi para Londres às três da tarde, levando sua chave consigo. Ele esteve na casa do almirante Sinclair, na Praça Barclay, durante todo o período em que se desenrolaram os fatos.

— Isso foi verificado?

— Foi. Seu irmão, Coronel Valentine Walter, testemunhou sua saída de Woolwich e o Almirante Sinclair, sua chegada a Londres. Assim, *Sir* James está descartado como suspeito.

— Quem é o outro homem que tem a chave?

— O desenhista e funcionário graduado Sidney Johnson. Ele tem cerca de quarenta anos, é casado, tem cinco filhos. É um homem reservado e mal-humorado, mas com excelente ficha de serviços prestados. Não é popular entre os colegas, mas trabalha duro. De acordo com seu depoimento, corroborado apenas por sua esposa, ficou em casa na noite de segunda-feira, indo para lá logo depois do trabalho, sendo que a chave nunca saiu da corrente do relógio, onde é o seu lugar.

— Fale-nos de Cadogan West.

— Está há dez anos no serviço público e tem feito um bom trabalho. Tem a reputação de ser irritadiço e impetuoso, mas honesto. Nada temos contra ele. Era o segundo homem do escritório, depois de Sidney Johnson. Seus deveres faziam com que tivesse contato diário com os planos. Ninguém mais lidava com eles.

– Quem guardou os planos naquela noite?
– Sidney Johnson, o funcionário graduado.
– Bem, está perfeitamente claro quem levou os planos. Afinal, eles foram encontrados com esse Cadogan West. Isso parece definitivo, não parece?
– Parece, Sherlock, mas ainda assim deixa muita coisa sem explicação. Em primeiro lugar, por que os pegou?
– Presumo que fossem valiosos.
– Ele conseguiria facilmente vários milhares de libras com esses planos.
– Consegue imaginar algum motivo para que ele levasse os papéis para Londres, a não ser para vendê-los?
– Não, não consigo.
– Então vamos aceitar essa hipótese para trabalharmos. O jovem West pegou os planos. Mas só pode ter feito isso com uma chave falsa.
– Diversas chaves falsas. Ele teve que abrir o prédio e a sala.
– Ele tinha, então, diversas chaves falsas. Levou os planos para Londres para vender o segredo, pretendendo, sem dúvida, devolver os originais ao cofre na manhã seguinte, antes que dessem por sua falta. Morreu em Londres enquanto levava a cabo essa traição.
– Como?
– Vamos supor que ele estivesse voltando a Woolwich quando foi morto e jogado para fora do trem.
– Aldgate, o local onde foi encontrado o corpo, fica bem adiante da ponte de Londres, que seria sua rota para Woolwich.
– Muitas circunstâncias podem tê-lo feito passar a ponte de Londres. Por exemplo, havia alguém no vagão com quem West conversava. A conversa evoluiu para uma briga, durante a qual o jovem perdeu a vida. Pode ser que tenha tentado sair do vagão, caiu na linha e morreu. O outro fechou a porta. O nevoeiro estava intenso e ninguém viu o que se passou.
– Com o que sabemos não conseguimos formular explicação mais lógica. Mesmo assim, considere, Sherlock, quanto você deixou sem explicar. Vamos supor, hipoteticamente, que o jovem Cadogan West estivesse decidido a levar esses planos para Londres. Ele teria marcado um encontro com o agente estrangeiro, deixando sua própria noite livre para tanto. Em vez disso, comprou dois ingressos para o teatro, levou sua noiva até metade do caminho e, de repente, desapareceu.
– Foi para despistar – disse Lestrade, que ficara ouvindo, impaciente, a conversa.

— Uma forma muito estranha de despistar. Essa é a objeção número um. Objeção número dois: vamos supor que ele tenha chegado a Londres e visto o agente estrangeiro. Ele precisava devolver os papéis pela manhã ou seria descoberto. Mas levou dez planos consigo e só tinha sete no bolso. O que aconteceu com os outros três? Certamente não os teria deixado espontaneamente. E, ainda, qual foi o preço de sua traição? Era de se esperar que uma grande quantia de dinheiro fosse encontrada em seu poder.

— Para mim está claro — disse Lestrade. — Não tenho dúvidas sobre o que ocorreu. Ele levou os planos para vendê-los. Encontrou o agente. Não concordaram quanto ao preço. Voltou para casa, mas o agente foi atrás. No trem o agente matou-o, pegou os planos essenciais e jogou seu corpo do vagão. Isso explicaria tudo, ou não?

— Por que ele não tinha um bilhete do metrô?

— Porque o bilhete mostraria qual a estação mais próxima da casa do agente. Portanto, ele o retirou do bolso do morto.

— Bom, Lestrade, muito bom — disse Holmes. — Sua teoria é bem coerente. Mas, se foi assim, o caso está concluído. Por um lado, o traidor está morto, mas, por outro, os planos do submarino Bruce-Partington já estão no continente. O que nos resta fazer?

— Agir, Sherlock, agir! — exclamou Mycroft, pondo-se de pé. — Todos os meus instintos vão contra essa explicação. Use seu talento! Vá até a cena do crime! Fale com as pessoas! Não deixe pedra sobre pedra! Em toda a sua carreira, você não teve oportunidade tão boa de servir seu país.

— Bem, bem — disse Holmes, dando de ombros. — Vamos lá, Watson. E você, Lestrade, não quer fazer o favor de nos acompanhar por uma ou duas horas? Vamos começar nossa investigação visitando a estação de Aldgate. Até logo, Mycroft. Vou enviar-lhe um relatório antes de anoitecer, mas aviso-o de que tenho poucas esperanças.

Uma hora depois, Lestrade, Holmes e eu estávamos nos trilhos do metrô, no ponto onde ele emerge do túnel, pouco antes da estação de Aldgate. Um cavalheiro gentil, de rosto vermelho, representava a Companhia do Metrô.

— Aqui é onde estava o corpo daquele jovem — disse, indicando um ponto a um metro dos trilhos. — Ele não poderia ter caído de cima, pois, como veem, as paredes são cegas. Portanto, só pode ter caído do trem, que, até onde conseguimos descobrir, passou por aqui à meia-noite de segunda-feira.

— Os vagões tinham algum sinal de violência?

Os Planos do Submarino Bruce-Partington

– Não havia nada do tipo, e também não encontramos nenhum bilhete.
– Nenhuma porta foi achada aberta?
– Não.
– Tivemos uma nova pista pela manhã – disse Lestrade. – Um passageiro que estava dentro do trem às onze e meia da noite de segunda declarou ter ouvido um baque pesado, como se fosse um corpo caindo na linha, pouco antes de o trem chegar à estação de Aldgate. Mas o nevoeiro estava intenso, e ele nada pôde ver. No dia ele não contou isso à Companhia. Ora, qual o problema com Holmes?

Meu amigo estava parado com uma expressão intensa no rosto, enquanto olhava para os trilhos na curva que saía do túnel. Aldgate é um entroncamento que contém uma rede de desvios. Os olhos ansiosos e interrogativos de Holmes estavam fixos nisso, e vi em seu rosto alerta e perspicaz o estreitamento dos lábios, o tremor nas narinas e o franzir de sobrancelhas que eu conhecia tão bem.

– Os desvios – ele murmurou –, os desvios.
– Que têm eles? O que quer dizer?
– Imagino que o sistema não tenha tantos desvios como aqui.
– Não, são poucos.
– E uma curva, também. Desvios e uma curva. Por Deus! Se fosse tão simples!
– O que foi Holmes? – perguntou Lestrade. – Tem alguma pista?
– Uma ideia, apenas. Mas o caso ganha em interesse. Único, perfeitamente único, e, mesmo assim, por que não? Não vejo marcas de sangue na linha.
– Não se via quase nada.
– Mas eu soube que o ferimento foi muito sério.
– O osso foi esmagado, mas por fora o machucado não foi grande.
– Mas era de se esperar algum sangramento. Seria possível que eu examinasse o trem em que estava o passageiro que ouviu o som de uma queda durante o nevoeiro?
– Receio que não, Sr. Holmes. O trem já foi dividido, e os vagões, redistribuídos.
– Posso lhe garantir, Sr. Holmes – disse Lestrade –, que todos os vagões foram examinados. Eu mesmo dei uma olhada neles.

Uma das fraquezas mais evidentes do meu amigo era a impaciência com inteligências menores que a sua.

– Acredito que sim – ele disse, afastando-se. – Acontece que não eram os vagões que eu queria examinar. Não precisamos mais tomar seu tempo, Lestrade. Penso que nossa investigação, agora, vai nos levar a Woolwich.

Na ponte de Londres, Holmes escreveu um telegrama, para seu irmão, que me mostrou antes de despachar:

"Possível luz na escuridão, mas pode se apagar. Enquanto isso, envie por mensageiro para Rua Baker lista completa de todos os espiões estrangeiros que estão na Inglaterra, com endereços completos.– SHERLOCK."

– Isso vai nos ajudar, Watson – disse, enquanto nos sentávamos no trem para Woolwich. – Temos uma dívida com Mycroft, por ele ter nos feito participar de um caso tão extraordinário.

Seu rosto ansioso ainda mostrava aquela expressão de intensa energia, que indicava que uma nova circunstância abrira-lhe uma estimulante linha de raciocínio. Imagine um cão de caça com as orelhas caídas e balançando o rabo enquanto brinca no canil. Agora, pense nesse mesmo cachorro com os olhos brilhantes e os músculos em exercício, enquanto corre seguindo um rastro recente – essa foi a mudança operada em Holmes naquela manhã. No trem, a caminho de Woolwich, ele era um homem diferente daquela figura lânguida e abatida, vestindo roupão, de apenas algumas horas antes.

– Temos muito com o que trabalhar... e com objetivo definido – ele disse. – Fui tolo de não ter percebido as possibilidades.

– Continuo no escuro.

– A solução continua no escuro para mim, também. Mas acho que tive uma ideia que pode nos levar longe. O jovem West foi morto em outro lugar e seu corpo colocado no teto do vagão.

– No teto!

– Extraordinário, não é? Mas considere os fatos. Será coincidência o corpo ter sido achado num ponto em que o trem balança e treme por estar passando sobre os desvios? Não seria ali o local mais provável para um objeto no teto do vagão cair? Os desvios não afetariam algo dentro do trem. Ou o corpo caiu do teto ou aconteceu uma grande coincidência. Agora vamos pensar na questão do sangue. É claro que não haveria sangue na linha se o corpo tivesse sangrado em outro lugar. Cada fato é sugestivo em si. Juntos, eles se completam.

– E o bilhete também! – exclamei.

– Exatamente. Não estávamos conseguindo explicar a ausência do bilhete. Agora conseguimos. Tudo se encaixa.

– Mas suponha que seja assim. Continuamos longe de desvendar o mistério da morte dele. Na verdade, em vez de mais simples, a situação se complica.

– Talvez – disse Holmes pensativo. – Talvez.

Então ele se calou e caiu num estado de devaneio que durou até a estação de Woolwich, onde chamou um cabriolé e pegou o papel que Mycroft lhe entregara.

– Temos que fazer algumas visitas esta tarde – ele disse. – Penso que primeiro devemos ver *Sir* James Walter.

A casa do famoso oficial era uma bela mansão, com um gramado que se estendia até o rio Tâmisa. Quando lá chegamos, o nevoeiro se levantava e um sol fraco começava a aparecer. Um mordomo nos atendeu.

– *Sir* James! – ele disse com uma expressão solene. – *Sir* James morreu esta manhã.

– Bom Deus! – exclamou Holmes, espantado. – Como ele morreu?

– O senhor não quer entrar e falar com o irmão, o Coronel Valentine?

– Quero, obrigado.

Fomos introduzidos na sala de estar, onde logo depois veio nos ver um homem alto, de barba curta, com cerca de cinquenta anos, irmão do cientista falecido. Os olhos desesperados, as faces pálidas e o cabelo despenteado testemunhavam o golpe repentino que se abatera sobre a família. Ele mal conseguia articular as palavras.

– Foi esse maldito escândalo – disse. – Meu irmão, *Sir* James, era um homem muito honrado. Não conseguiu resistir. Isso atingiu-o profundamente. Ele sempre teve muito orgulho da eficiência de seu departamento, e esse foi um golpe arrasador.

– Esperávamos que ele pudesse dar-nos informações que ajudassem a esclarecer esse caso.

– Posso garantir-lhe que esse mistério era tão grande para ele como para o senhor e todos nós. Meu irmão já havia prestado seu depoimento à polícia. Naturalmente, ele não tinha dúvida de que Cadogan West era culpado. Mas todo o resto era inconcebível.

– E o senhor, não seria capaz de nos sugerir algo?

– Eu não sei de nada, salvo o que li ou ouvi. Não quero ser rude, mas o senhor compreende que estamos muito perturbados no momento, e preciso pedir-lhe para finalizarmos esta conversa.

– Isso foi algo realmente inesperado – disse meu amigo quando voltamos ao cabriolé. – Pergunto-me se a morte foi natural ou se o pobre homem se matou. Neste caso, será um sinal de autocensura por negligência? Bem, temos que deixar essa pergunta para depois. Agora, vamos falar com a família de Cadogan West.

Uma casa pequena, mas bem cuidada, na periferia da cidade, abrigava a mãe enlutada. Aquela senhora idosa estava aturdida demais pelo que acontecera para poder nos ajudar. Mas a seu lado estava uma moça pálida, que se apresentou como a Srta. Violet Westbury, noiva do falecido, e a última pessoa a vê-lo na noite fatídica.

— Não consigo explicar, Sr. Holmes — ela disse. — Não consegui pregar o olho desde a tragédia. Penso, penso, penso... noite e dia tento encontrar um significado para isso. Arthur era um cavalheiro, o homem mais patriótico deste mundo. Ele preferiria perder o braço direito a vender um segredo de Estado confiado à sua guarda. Trata-se de algo absurdo e impossível de conceber por qualquer pessoa que o conheça.

— Mas e quanto aos fatos, Srta. Westbury?

— Sim, sim... admito que não consigo explicá-los.

— Ele estava precisando de dinheiro?

— Não. Arthur tinha hábitos simples e seu salário era bom. Ele economizou algumas centenas de libras e pretendíamos nos casar no Ano-Novo.

— Sentiu alguma diferença nele, recentemente? Parecia perturbado, agitado? Vamos, Srta. Westbury, seja absolutamente franca conosco.

O olhar atento de meu amigo notou certa alteração na atitude da moça. Ela corou e hesitou.

— Na verdade, sim — ela disse, finalmente. — Senti que algo nele mudara.

— Há quanto tempo?

— Há cerca de uma semana. Ele estava pensativo e preocupado. Uma vez eu o forcei a se abrir. Ele admitiu que era algo relativo à sua vida profissional. "É sério demais para eu contar, mesmo para você", ele disse. Não consegui que falasse nada mais.

Holmes ficou sério.

— Vamos, Srta. Westbury. Mesmo que lhe pareça estar falando contra ele, precisa continuar. Não sabemos no que isso vai resultar.

— Na verdade, nada mais tenho a dizer. Uma ou duas vezes pareceu-me que ele ia falar. Certa noite, comentou sobre a importância do segredo, e lembro-me de Arthur dizer que espiões estrangeiros pagariam uma fortuna para obtê-lo.

O rosto de Holmes ficou ainda mais sombrio.

— Algo mais?

— Ele disse que éramos muito descuidados, que seria fácil para um traidor se apoderar dos planos.

— Foi só recentemente que ele fez esses comentários?

— Sim, recentemente.

— Agora conte-nos sobre a noite passada.

— Íamos ao teatro. O nevoeiro estava tão espesso que era inútil tentar pegar uma carruagem. Fomos caminhando e passamos perto do escritório. De repente, ele saiu correndo e sumiu no nevoeiro.

— Sem dizer nada?

– Ele soltou uma exclamação, e foi tudo. Fiquei esperando, mas ele não voltou. Então, voltei para casa. Na manhã seguinte, depois que o escritório abriu, vieram me interrogar. Ao meio-dia soubemos da tragédia. Oh, Sr. Holmes! Se ao menos o senhor pudesse salvar-lhe a honra! Isso significaria muito para ele.

Holmes balançou tristemente a cabeça.

– Vamos, Watson – ele disse. – Temos o que fazer. Nossa próxima parada é o escritório de onde os planos foram tirados.

– Se a situação desse rapaz já estava preta, nossa investigação só a está piorando – disse Holmes quando o cabriolé partiu. – A proximidade do casamento dá um motivo para o crime. Naturalmente ele precisava de dinheiro. E a ideia passou-lhe pela cabeça, pelo que contou à noiva. E West quase transformou a moça em cúmplice de traição ao contar-lhe seus planos. Isso vai mal.

– Mas e quanto ao excelente caráter do rapaz, Holmes? E mais: por que ele deixaria a garota no meio da rua para sair correndo e cometer um crime?

– Exatamente! São objeções válidas. Mas o caso é extraordinário.

Encontramos Sidney Johnson, o funcionário graduado, no escritório. Recebeu-nos com o mesmo respeito que o cartão de visitas de Holmes sempre provocava. Era um homem magro e rude, de meia--idade. Usava óculos e tinha o rosto afilado. Ficava continuamente mexendo as mãos, provavelmente devido à tensão nervosa a que estava sendo submetido.

– Isso não está nada bem, Sr. Holmes, nada bem! Já soube da morte do nosso chefe?

– Estou vindo da casa dele.

– Este lugar está uma bagunça. O chefe morreu, Cadogan West morreu, planos roubados. Mas, quando fechamos as portas, na segunda-feira, o escritório era tão eficiente como qualquer outro do serviço público. Bom Deus! É terrível pensar que Cadogan West, entre todos os homens, tenha feito o que fez!

– Então pensa que ele é culpado?

– Não vejo outra explicação. Mas eu confiava nele como em mim mesmo.

– A que horas o escritório fechou na segunda-feira?

– Às cinco.

– O senhor o fechou?

– Sou sempre o último a sair.

– Onde estavam os planos?

– No cofre. Eu mesmo os coloquei lá.

– O prédio tem algum vigia?

— Tem. Mas ele é responsável por outros departamentos também. É um velho soldado, plenamente confiável. Não viu nada naquela noite. É claro que o nevoeiro estava muito forte.

— Suponha que Cadogan West quisesse entrar no edifício depois do expediente. Ele precisaria de três chaves para chegar aos planos, correto?

— Sim, senhor. A chave da porta da rua, a chave do escritório e a do cofre.

— Apenas *Sir* James Walter e o senhor tinham essas chaves?

— Eu não tenho as chaves das portas; só a do cofre.

— *Sir* James era um homem metódico?

— Sim, acho que sim. Pelo que sei, ele mantinha as três chaves sempre no mesmo chaveiro. Era onde eu as via.

— E o chaveiro foi com ele para Londres?

— Foi o que ele disse.

— E o senhor nunca se afastou de sua chave?

— Nunca.

— Então West, se ele é o culpado, devia ter uma duplicata. Mas não foi achada nenhuma com o corpo. Outro ponto: se um funcionário do escritório desejasse vender os planos, não seria mais fácil copiá-los do que pegar os originais como foi feito?

— Seria necessário um considerável conhecimento técnico para copiar de forma eficaz.

— Suponho que tanto *Sir* James como o senhor ou West tinham conhecimento para fazê-lo.

— Todos tínhamos, sem dúvida, mas peço-lhe para não me envolver nesse assunto, Sr. Holmes. De que adiantam essas especulações quando os planos originais estavam com West?

— Bem, é estranho que ele tenha corrido o risco de levar os originais quando poderia ter feito cópias que serviriam do mesmo jeito.

— Estranho, sem dúvida. Mas foi o que ele fez.

— Cada passo que dou nesse caso revela algo de inexplicável. Com relação aos três planos que sumiram... pelo que soube, são os mais importantes.

— São, sim.

— Quer dizer que qualquer um que tenha esses três documentos, mesmo sem ter os outros sete, poderia construir um submarino Bruce-Partington?

— Foi o que relatei ao Almirantado. Mas hoje estive examinando os desenhos e já não tenho tanta certeza. As válvulas duplas com abertura automática estão num dos papéis devolvidos. Até que os estrangeiros inventem isso, não poderão construir a embarcação. É claro que podem superar essa dificuldade.

— Mas os três papéis desaparecidos são os mais importantes?

— Sem dúvida.

— Com sua permissão, agora eu gostaria de examinar o escritório. Não me lembro de nenhuma outra pergunta que queira fazer-lhe.

Holmes examinou a fechadura do cofre, a porta da sala e as venezianas de ferro. Somente quando nos encontramos no gramado, na parte de fora, é que ele se agitou. Havia um arbusto de louro embaixo da janela, com vários galhos torcidos ou arrancados. Holmes examinou-os cuidadosamente com sua lente de aumento, bem como alguns sinais vagos e indistintos no chão, logo abaixo. Finalmente, pediu a Sidney Johnson para fechar as venezianas de ferro e mostrou-me que elas não se encontravam totalmente cerradas, permitindo que as pessoas de fora vissem o que se passava lá dentro.

— Os indícios estão prejudicados por esse atraso de três dias. Podem ter significado ou não. Bem, Watson, acho que Woolwich não pode mais nos ajudar. A colheita não foi muito boa. Vamos ver se temos melhor sorte em Londres.

Mas ainda conseguimos acrescentar mais um fardo à nossa colheita, antes de partirmos da estação de Woolwich. O funcionário da bilheteria disse lembrar-se claramente de Cadogan West — que ele conhecia de vista — na noite de segunda-feira, e que ele foi para Londres pelo trem das oito e quinze para a ponte de Londres. Estava sozinho e comprou um bilhete de terceira classe. O que chamou a atenção do funcionário foi o nervosismo de West. Ele tremia tanto que não conseguia recolher o troco, no que teve que ser ajudado pelo bilheteiro. Uma consulta à tabela de horários mostrou que o trem das oito e quinze era o primeiro que ele poderia ter tomado depois de deixar a noiva às sete e meia.

— Vamos reconstituir os acontecimentos, Watson — disse Holmes, depois de meia hora de silêncio. — Acredito que nunca, em todos os casos que já investigamos, nos deparamos com um que fosse mais difícil de pegar a pista certa. Cada avanço nosso só faz revelar novas dúvidas. Ainda assim fizemos um progresso considerável.

"Nossas investigações em Woolwich mostraram-se contrárias ao jovem Cadogan West. Mas os indícios na janela tendem a uma hipótese mais favorável. Vamos supor, por exemplo, que algum agente estrangeiro tenha se aproximado de West. Essa aproximação foi feita de tal forma que ele não tivesse como falar a respeito. De qualquer modo, isso o perturbou tanto que motivou seus comentários com a noiva. Muito bem. Vamos supor que os dois estivessem a caminho do teatro quando ele viu, no meio do nevoeiro, o mesmo agente indo na direção do escritório. Ele era um homem impetuoso, de decisões rápidas. Para ele o dever estava acima de tudo. Cadogan West seguiu o homem, chegou à janela, percebeu o roubo dos planos e perseguiu o ladrão. Dessa forma superamos a objeção de que ele não levaria os originais se podia fazer cópias. Uma pessoa de fora precisaria levar os originais. Até aqui faz sentido."

– E o próximo passo?
– Aí começam as dificuldades. É de se imaginar que Cadogan West agarrasse o bandido e desse o alarme. Por que não fez isso? Seria um outro funcionário, superior dele, quem pegou os planos? Isso explicaria a conduta de West. Ou será que o ladrão conseguiu escapar em meio ao nevoeiro e West preferiu ir pegá-lo em sua casa, em Londres, presumindo-se que soubesse onde era? O acontecimento foi urgente, pois ele deixou a moça para trás e não fez nenhum esforço para entrar em contato com ela. Mas aqui nosso rastro esfria, deixando uma grande lacuna entre essa hipótese e o corpo de West com sete desenhos no bolso, sobre o teto de um vagão do metrô. Meu instinto diz para trabalhar a partir da outra extremidade. Se Mycroft nos forneceu a lista de endereços, talvez possamos encontrar nosso homem e seguir duas trilhas em vez de uma.

Realmente, uma carta estava à nossa espera no apartamento da Rua Baker. Um mensageiro do governo trouxera-a em caráter de urgência. Holmes passou os olhos por ela, entregando-me em seguida.

"Existem muitos peixinhos, mas poucos que pudessem estar envolvidos em caso tão vultoso. Os únicos que vale a pena considerar são: Adolph Meyer, Rua Great George, 13, Westminster; Louis La Rothière, de Campden Mansions, Notting Hill; e Hugo Oberstein, Caulfied Gardens, 13, Kensington. O último estava na cidade na segunda-feira, mas agora não está. Bom saber que tem esperanças. O Gabinete aguarda seu relatório final com a maior ansiedade. Os mais altos escalões do governo pedem urgência. Todas as forças do Estado estão à sua disposição, se necessitar. – MYCROFT."

– Penso – Holmes disse sorrindo – que nem todos os cavalos e homens da rainha vão poder nos ajudar neste assunto. – Ele abriu um mapa grande de Londres sobre a mesa e começou a estudá-lo. – Ora, ora – disse Holmes, soltando uma exclamação de satisfação –, as coisas começam a melhorar. Sabe, Watson, começo a achar que vamos esclarecer tudo. – Bateu no meu ombro, num repentino ataque de alegria. – Preciso sair. É apenas um reconhecimento. Não farei nada de importante sem levar meu fiel camarada e biógrafo. Fique aqui, e é possível que nos vejamos dentro de uma hora ou duas. Se as horas demorarem a passar, pegue papel e uma pena e comece a contar como salvamos a nação.

Parte de sua alegria contaminou-me, pois eu sabia que ele não abandonava sua austeridade natural, a menos que tivesse uma boa razão para isso. Esperei, impaciente, durante toda a longa noite de novembro. Finalmente, pouco depois das nove, recebi uma mensagem:

"Estou jantando no restaurante Goldini, Av. Gloucester, Kensington. Por favor, venha imediatamente me encontrar. Traga lanterna, pé de cabra, talhadeira e revólver.– SH."

Era um equipamento e tanto para um cidadão respeitável carregar pelas ruas enevoadas de Londres. Escondi tudo embaixo do casaco e fui até o restaurante. Lá, encontrei Holmes sentado a uma mesa próxima da porta.

– Já jantou? Então me acompanhe no café e no licor. Experimente um desses charutos da casa. São menos venenosos do que se poderia esperar. Está com as ferramentas?

– Estão comigo, embaixo do sobretudo.

– Ótimo. Deixe-me contar-lhe o que andei fazendo e o que estamos para fazer. Agora já deve estar evidente para você, Watson, que o corpo daquele jovem foi *colocado* no teto do trem. Isso está claro desde o momento em que determinei que o corpo caiu do teto e não de um vagão.

– Será que ele não pode ter caído de uma ponte?

– Devo dizer que isso é impossível. Se observar os tetos dos vagões, verá que são arredondados e não têm grades. Portanto, podemos ter certeza de que Cadogan West foi colocado lá.

– E como fizeram isso?

– Essa era a pergunta que tínhamos que responder. Só existe uma possibilidade. O metrô corre fora de túneis em alguns pontos do Westend. Eu tinha uma vaga lembrança de que, quando andei de metrô nessa região, havia janelas acima da linha. Agora, suponha que um trem pare embaixo de uma janela; haveria dificuldade em depositar um corpo no teto?

– Parece-me improvável.

– Precisamos lembrar do velho axioma, segundo o qual quando tudo o mais falha, o que quer que sobre, por mais improvável, deve ser a verdade. Neste caso, todo o resto falhou. Quando eu descobri que o maior agente internacional, esse que acabou de sair de Londres, mora numa casa cuja janela dá para a linha do metrô, fiquei tão contente que minha alegria espantou você.

– Ah, foi isso, então?

– Sim, foi isso. O Sr. Hugo Oberstein, de Caulfield Gardens, número 13, tornou-se meu principal suspeito. Fui até a estação da Av.

Gloucester, onde um funcionário muito solícito andou comigo pela linha e ainda me informou não apenas que as janelas dos fundos de Caulfield Gardens dão para a linha, mas que, devido ao cruzamento com a ferrovia, os trens do metrô frequentemente têm que parar por alguns minutos naquele lugar.

– Esplêndido, Holmes! Você conseguiu!

– Até aqui, Watson, até aqui. Estamos avançando, mas a meta está longe. Depois de ver os fundos, fui até a frente de Caulfield Gardens e certifiquei-me de que nosso pássaro realmente voou. É uma casa grande, sem mobília nos quartos de cima, pelo que pude avaliar. Oberstein morava ali com um empregado, que provavelmente era seu cúmplice. Precisamos nos lembrar que Oberstein foi para o continente vender seu tesouro, mas ele não fugiu. Ele não tinha por que temer um mandado de busca e, provavelmente, não pensou na visita de um detetive particular. E é exatamente isso que vamos fazer.

– Não conseguiríamos um mandado para fazermos como manda a lei?

– Dificilmente, com as provas que temos.

– O que espera encontrar?

– Não sei.

– Isso não me agrada, Holmes.

– Meu caro amigo, você vai ficar vigiando a rua. Deixe a parte criminosa comigo. Não é hora de nos apegarmos a detalhes. Pense na carta de Mycroft, no Almirantado, no Gabinete, nas autoridades que esperam notícias. Temos que ir.

Como resposta, levantei-me.

– Tem razão, Holmes. Precisamos agir.

Holmes levantou-se e apertou-me a mão.

– Eu sabia que você não ficaria de fora – ele disse, e vi, por um instante, o sinal mais próximo de afeto que jamais observei em seus olhos. Mas, logo, ele recompôs sua máscara dominadora e prática.

– São cerca de oitocentos metros até lá, mas não precisamos ter pressa. Vamos caminhando. Não derrube as ferramentas, por favor. Seria uma complicação e tanto se você fosse preso como suspeito.

Caulfield Gardens era uma daquelas ruas com uma série de casas iguais, com colunas e pórticos, produto abundante da época vitoriana no West End de Londres. Na porta ao lado, parecia estar havendo uma festa infantil, pois a confusão alegre das vozes de crianças e um piano animado ressoavam pela noite. O nevoeiro continuava escondendo-nos em seu manto conveniente. Holmes acendera a lanterna e examinava a porta maciça.

– Isto aqui não é brincadeira – disse. – Aposto que além da fechadura tem alguma tranca por dentro. Vai ser melhor tentarmos pelos fundos. Lá tem um arco excelente para nos escondermos, caso um policial excessivamente zeloso queira nos atrapalhar. Ajude-me a pular a cerca, Watson, e farei o mesmo por você.

Um minuto depois estávamos no quintal da casa. Mal conseguimos nos esconder nas sombras, quando ouvimos os passos de um policial em meio ao nevoeiro. Assim que o som dos passos começou a morrer ao longe, Holmes pôs-se a trabalhar na porta dos fundos. Ele se abaixou e forçou até que, com um estalo agudo, ela se abriu. Entramos no corredor escuro, fechando a porta atrás de nós. Holmes foi na frente, subindo a escada curva. A luz amarela da lanterna brilhou no vidro da janela.

– Aqui estamos, Watson, tem de ser esta.

Holmes abriu a janela e ouvimos uma espécie de murmúrio baixo, que foi crescendo até transformar-se num rugido alto quando o trem passou em disparada. Holmes iluminou o peitoril da janela, que estava coberto de fuligem das locomotivas. Mas aquela superfície negra estava raspada em alguns lugares.

– Veja onde apoiaram o corpo. Opa, Watson! O que é isso? É sangue, com certeza. – Holmes apontava para manchas no batente da janela. – Aqui também, na pedra da escada. A demonstração está completa. Vamos esperar o próximo trem parar.

Não precisamos esperar muito. Na verdade, o próximo trem veio rugindo do túnel, como o anterior, mas diminuiu de velocidade quando saiu ao ar livre e, rangendo os freios, parou exatamente abaixo de nós. Tinha pouco mais de um metro da janela ao teto dos vagões. Holmes fechou a janela.

– Até aqui nossa hipótese está se confirmando – disse. – O que acha, Watson?

– Uma obra-prima. Jamais você chegou tão alto.

– Não posso concordar com você. A partir do momento em que concebi a ideia de o corpo ter sido colocado no teto, o que não foi tão difícil de imaginar, todo o resto era inevitável. Se não fosse pelos grandes interesses envolvidos, o caso seria insignificante. Contudo, ainda temos certas dificuldades. Mas talvez encontremos algo, por aqui, que nos ajude.

Subimos pela escada da cozinha e chegamos aos aposentos do andar de cima. O primeiro era uma sala de jantar, mobiliada sobriamente e sem nada de interessante. O segundo era um dormitório, nas mesmas condições. O quarto restante parecia mais promissor, e meu amigo pôs-se a examiná-lo sistematicamente. O aposento estava

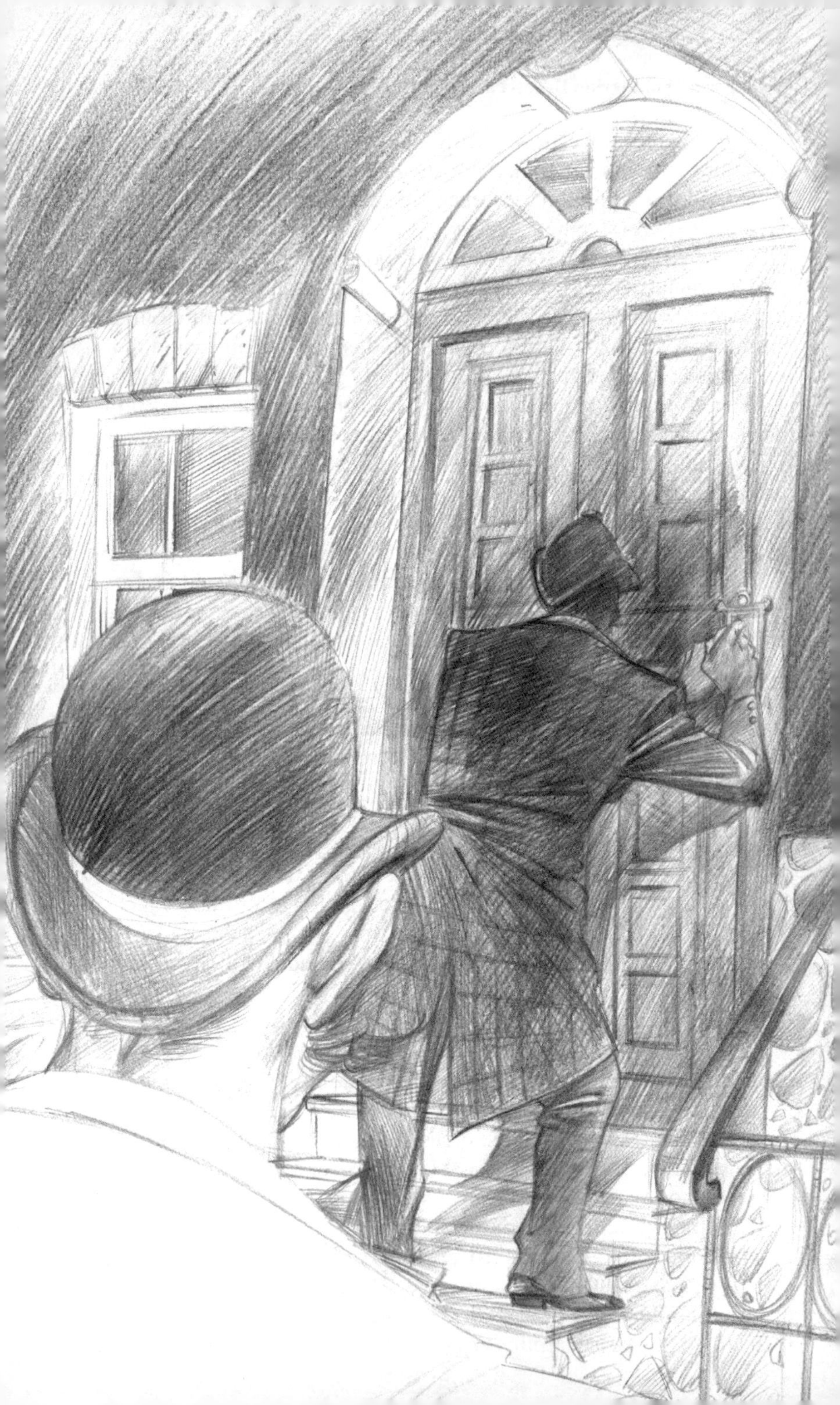

cheio de livros e papéis, sendo evidentemente usado como escritório. Rapidamente, Holmes verificou o conteúdo de todos os armários e gavetas, sem que seu rosto sisudo, contudo, demonstrasse o menor entusiasmo. Depois de uma hora ele não havia feito nenhum progresso.

– O malandro apagou todos os rastros – disse. – Não deixou nada que o incriminasse. Tudo que pudesse envolvê-lo com o caso foi destruído ou levado. Esta é nossa última chance.

Era uma caixinha de metal que ficava sobre a escrivaninha. Holmes abriu-a com a talhadeira. Dentro havia diversas folhas de papel, cheias de números e cálculos, sem qualquer indicação sobre a que se referiam. Algumas expressões que apareciam várias vezes, como "pressão da água" e "pressão por polegada quadrada", sugeriam alguma relação com um submarino. Restava um envelope com recortes de jornal. Holmes espalhou-os sobre a mesa e vi em seu rosto as esperanças ressurgirem.

– O que é isto, Watson? Hein? O que é isto? Recortes de uma série de mensagens nos anúncios de um jornal. Pela tipologia e pelo papel, diria que é o *Daily Telegraph*. Canto superior direito da página. Sem datas, mas as mensagens organizam-se naturalmente. Esta deve ser a primeira:

"Esperava notícias mais cedo. Os termos foram aceitos. Escreva os detalhes para o endereço do cartão. – Pierrot."

– E a próxima: "Complexo demais para descrever. É necessário relatório completo. O material será seu depois que entregar a mercadoria. – Pierrot."

– Depois: "Urgência. Tenho que retirar a oferta, a menos que o contrato seja cumprido. Marque encontro por carta. Vou confirmar por anúncio. – Pierrot."

– A última: "Segunda à noite, depois das nove. Duas batidas. Só nós dois. Não tenha medo. Pagamento em dinheiro contra entrega das mercadorias. – Pierrot."

– Um registro completo, Watson! Se conseguirmos identificar o outro sujeito... – Holmes sentou-se, pensativo, tamborilando os dedos na mesa. De repente, pôs-se de pé.

– Bem, talvez não seja tão difícil. Não temos mais nada a fazer aqui, Watson. Acho melhor irmos até o escritório do *Daily Telegraph* e concluirmos este belo dia de trabalho.

Mycroft Holmes e Lestrade vieram no dia seguinte, depois do café da manhã, conforme o combinado. Sherlock contou-lhes o que fizemos no dia anterior. O policial balançou a cabeça quando ouviu nossa confissão de invasão de domicílio.

– Não podemos fazer essas coisas na polícia, Holmes – disse ele.
– Por isso não é de se estranhar que consiga resultados melhores que nós. Mas um dia desses você irá longe demais e vai se meter, junto com seu amigo, em problemas sérios.
– Pela Inglaterra, nossa pátria amada, hein, Watson? Mártires imolados no altar da pátria. O que acha de tudo isso, Mycroft?
– Excelente, Sherlock! Notável! Mas como isso vai nos ajudar?
Holmes pegou o *Daily Telegraph* que estava sobre a mesa.
– Viu o anúncio que Pierrot publicou hoje?
– Quê? Outro?
– Exato. Aqui está: "Esta noite. Mesma hora. Mesmo lugar. Duas batidas. Extrema importância. Sua segurança está em jogo. – Pierrot".
– Por Deus! – exclamou Lestrade. – Se ele atender, nós o pegamos.
– Foi essa a minha ideia quando mandei publicar. Pensei que, se vocês dois puderem vir conosco, às oito da noite, até Caulfield Gardens, poderemos chegar um pouco mais perto da solução.

Uma das características mais impressionantes de Sherlock Holmes era seu poder de esvaziar o cérebro dos problemas das investigações e dedicar toda a atenção a coisas mais leves, quando acreditava que não adiantava trabalhar. Lembro-me de que durante todo aquele dia ele dedicou-se a escrever uma monografia sobre os Motetes Polifônicos de Lassus. Da minha parte, eu não tinha esse poder de me desligar, e o dia pareceu-me interminável. A importância nacional daquele problema, a expectativa nos altos escalões, a natureza do que tentávamos fazer, tudo se combinava para me abalar os nervos. Senti-me aliviado quando, depois de um jantar leve, saímos para nossa missão. Lestrade e Mycroft encontraram-nos fora da estação da Av. Gloucester. A porta de trás da casa de Oberstein fora deixada aberta na noite anterior. Eu precisei entrar e abrir a porta da frente, pois Mycroft Holmes negara-se terminantemente a pular a cerca do quintal. Às nove horas, estávamos todos sentados no escritório, esperando pacientemente por nosso suspeito.

Passou-se uma hora e depois outra. Quando bateu onze horas, parecia que o grande sino da igreja martelava nossas esperanças. Lestrade e Mycroft remexiam-se em suas cadeiras e consultavam seus relógios a cada trinta segundos. Holmes permanecia quieto, com as pálpebras semicerradas, mas totalmente alerta. De repente, ergueu a cabeça.

– Ele está chegando – disse.

Ouvimos passos furtivos junto à porta. Depois, sons indefinidos e duas batidas na porta. Holmes levantou-se, sinalizando para que permanecêssemos sentados. A luz no vestíbulo era apenas um ponto claro. Holmes abriu a porta da rua e, depois que um vulto escuro passou por ele, fechou e trancou a saída.

— Por aqui — ouvimos Holmes dizer, e logo o suspeito estava diante de nós. Holmes seguia-o de perto e, quando o homem virou-se, soltando uma exclamação de surpresa e medo, meu amigo agarrou-o pelo colarinho e jogou-o na sala. Antes que nosso prisioneiro recuperasse o equilíbrio, Holmes fechou a porta da sala. O homem olhou em volta, cambaleou e caiu sem sentidos. Com a queda, seu chapéu de aba larga voou longe e o cachecol caiu de seu rosto, revelando a barba e as feições suaves do Coronel Valentine Walter.

Holmes soltou um assobio de surpresa.

— Pode me passar um atestado de burrice desta vez, Watson — ele disse. — Não era esse o pássaro que eu esperava pegar.

— Quem é ele? — perguntou, ansioso, Mycroft.

— O irmão mais novo do falecido *Sir* James Walter, chefe do Departamento de Submarinos. Mas começo a entender. Ele está voltando a si. Deixem as perguntas comigo.

Havíamos carregado o corpo inerte para o sofá. Mas o coronel se sentara e olhava para nós, horrorizado, passando a mão pela testa como quem não acredita no que está vendo.

— O que é isto? — ele perguntou. — Vim visitar o Sr. Oberstein.

— Já sabemos de tudo, Coronel Walter — disse Holmes. — Só não consigo entender como um cavalheiro inglês pode comportar-se dessa forma. Mas já sabemos de seu relacionamento com Oberstein, bem como das circunstâncias relativas à morte de Cadogan West. Aconselho-o a ganhar um pouco de crédito com seu arrependimento e confissão, já que alguns detalhes só poderemos saber pelo senhor.

O homem gemeu e escondeu o rosto nas mãos. Esperamos, mas ele permaneceu quieto.

— Garanto-lhe — disse Holmes — que já sabemos o essencial: sua necessidade de dinheiro, as cópias das chaves de seu irmão e a correspondência que manteve com Oberstein, que respondia a suas cartas por meio dos anúncios do *Daily Telegraph*. Sabemos que o senhor foi até o escritório na segunda-feira à noite, mas foi visto e perseguido por Cadogan West, que, provavelmente, tinha algum motivo para suspeitar do senhor. Ele testemunhou seu roubo mas não deu o alarme, pois era possível que estivesse levando os papéis para seu irmão em Londres. Abandonando todos os seus compromissos particulares, como bom cidadão que era, Cadogan West seguiu-o de perto até chegarem a esta casa. Foi então que ele interveio e o senhor, coronel, acrescentou o crime de assassinato ao de traição.

— Não fui eu! Não fui eu! Diante de Deus, juro que não fui eu! — exclamou nosso prisioneiro.

— Conte-nos, então, como aquele jovem foi morto antes que o colocassem no teto do vagão do metrô.

— Vou contar. Juro que vou contar a verdade. Confesso que o resto foi como o senhor disse. Eu precisava pagar uma dívida na Bolsa de Valores. Necessitava muito do dinheiro. Oberstein me ofereceu cinco mil libras. Aquilo me salvaria da ruína. Mas sou inocente quanto ao assassinato.

— O que aconteceu, então?

— Cadogan West já suspeitava de mim e seguiu-me da forma como disse. Não percebi até chegar a esta porta. A neblina estava densa e não se via nada além de três metros. Dei duas batidas e Oberstein abriu aporta. Aquele jovem chegou correndo e exigiu que disséssemos o que pretendíamos fazer com os planos. Oberstein tinha um revólver de cano curto que sempre levava consigo. Quando West tentou forçar sua entrada na casa, Oberstein acertou-lhe um tiro na cabeça. Fatal. O rapaz morreu em menos de cinco minutos. Ficou estendido no vestíbulo, e nós sem sabermos o que fazer. Então Oberstein lembrou-se dos trens parados embaixo da janela dos fundos. Mas primeiro ele examinou os planos que eu trouxera. Disse que três deles eram essenciais e que precisava ficar com eles. "Você não pode fazer isso", eu disse, "vai haver um escândalo em Woolwich se os planos não forem devolvidos". "Preciso ficar com eles", Oberstein disse, "são muito técnicos e é impossível providenciar cópias agora". "Então eles precisam voltar comigo esta noite", eu disse. Mas ele ficou pensando durante alguns minutos até exclamar que sabia o que fazer. "Vou ficar com três", ele disse. "Vamos enfiar os outros no bolso deste rapaz. Quando ele for encontrado, vai levar a culpa." Como eu não via outra solução, fizemos do jeito dele. Esperamos meia hora até que o trem parasse sob a janela. O nevoeiro estava tão espesso que nada podia ser visto, e não tivemos dificuldades em colocar o corpo de West sobre o vagão. Aí termina o que sei.

— E seu irmão?

— Ele nada disse, mas pegou-me uma vez com as chaves e acho que desconfiava. Vi em seus olhos que ele suspeitava de mim. Como o senhor sabe, ele nunca mais teve sossego.

A sala ficou em silêncio, quebrado por Mycroft Holmes.

— Não quer consertar o que fez? Vai melhorar sua consciência e, talvez, sua pena.

— O que eu posso fazer?

— Para onde Oberstein levou os planos?

— Não sei.

– Ele não lhe deu um endereço?
– Disse-me para mandar cartas para o Hotel du Louvre, Paris.
– Então ainda pode consertar parte do que fez.
– Farei o que puder. Não tenho simpatia nenhuma por esse espião. Ele foi a minha ruína.
– Aqui estão papel e tinta. Sente-se e escreva o que eu ditar. E ponha no envelope o endereço que falou. A carta: "Prezado Senhor, com relação à nossa transação, deve ter reparado que um detalhe essencial está faltando. Possuo um desenho que completa os papéis que o senhor já tem. Para obtê-lo, envolvi-me em novos problemas e tenho que pedir-lhe mais quinhentas libras. Não confiarei no correio e não aceitarei nada a não ser ouro ou dinheiro vivo. Poderia ir encontrá-lo no exterior, mas seria extremamente suspeito se saísse do país agora. Portanto, espero encontrá-lo no salão do hotel Charing Cross ao meio-dia de sábado. Lembre-se de que só aceitarei libras esterlinas ou ouro". Isso vai servir – disse Holmes. – Muito me surpreenderei se nosso homem não aparecer.

E ele apareceu! O resto já faz parte da história – a história secreta de uma nação, que normalmente é mais interessante do que os fatos conhecidos do público: Oberstein, ansioso por completar o grande golpe de sua vida, foi agarrado e condenado a quinze anos numa prisão inglesa. Em sua bagagem foram encontrados os valiosos planos do submarino Bruce-Partington, que ele colocara num leilão ao qual convidara todos os centros navais da Europa.

O Coronel Walter morreu na prisão no final do segundo ano de sua pena. Quanto a Holmes, voltou à sua monografia sobre os Motetes Polifônicos de Lassus, que foi impressa e distribuída para os círculos interessados. Os especialistas dizem que é a última palavra no assunto. Eu soube que, algumas semanas depois, meu amigo passou um dia em Windsor[3], de onde voltou com um belíssimo alfinete de gravata com cabeça de esmeralda. Quando lhe perguntei se o comprara, Holmes respondeu-me que era presente de uma senhora generosa que ele tivera a felicidade de servir numa pequena tarefa. Nada mais disse, mas acho que sei o nome dessa augusta senhora e não tenho dúvidas de que o alfinete de esmeralda lembrará meu amigo para sempre de sua aventura com os planos do Bruce-Partington.

---

[3] Windsor = cidade que abriga o Castelo de Windsor, residência dos reis e rainhas ingleses desde a época de Guilherme, o Conquistador (1027-1087).

O Pé-do-Diabo

Ao registrar, de tempos em tempos, algumas das aventuras que surgiram de minha amizade com Sherlock Holmes, frequentemente enfrentei dificuldades causadas por sua aversão à publicidade. Para seu espírito cínico, toda forma de popularidade era detestável, e nada lhe agradava mais que, ao final de um caso bem-sucedido, entregar a conclusão a um policial e ouvir o coro geral de congratulações com um sorriso zombeteiro. Foi essa atitude do meu amigo, e não a falta de material interessante, que me fez apresentar ao público poucas aventuras nos últimos anos. Minha participação em seus casos sempre foi um privilégio que requeria discrição e reticência.

Foi com muita surpresa, portanto, que recebi um telegrama de Holmes na última terça-feira – ele nunca escrevia cartas quando podia enviar telegramas – nos seguintes termos: "Por que não conta a seus leitores sobre o Horror da Cornualha, o caso mais estranho que já investiguei?" Eu não consegui imaginar o que fizera com que ele se lembrasse disso, ou o que ocasionara seu desejo de que eu apresentasse essa história. De qualquer forma, corri a preparar a narrativa e a apresentá-la aos meus leitores, antes que outro telegrama de Holmes chegasse, cancelando a proposta anterior.

Foi na primavera de 1897 que a constituição férrea de Holmes começou a dar sinais de estar se desgastando, em função do trabalho exaustivo que desempenhava, agravado por certos exageros de sua parte. Em março daquele ano, o Dr. Moore Agar, da Rua Harley, cuja dramática apresentação a Holmes eu talvez conte algum dia, deu ordens expressas para que o famoso detetive particular deixasse de lado todos os seus casos e apenas descansasse, para evitar um colapso físico e mental. O estado de sua saúde não era algo a que Sherlock Holmes dedicasse o menor interesse, pois ele só se preocupava com sua mente. Contudo, foi convencido, sob a ameaça de não mais poder realizar seu trabalho, a mudar completamente de cenário e de ares.

Era por isso que, no começo da primavera daquele ano, nós estávamos num chalezinho perto da baía Poldhu, na extremidade da península da Cornualha.

Aquela região era singular, bastante adequada ao mau humor do meu paciente. Da janela de nossa casa, que ficava no alto de um promontório coberto de grama, dominávamos a vista da sinistra baía Mounts, a velha armadilha para os veleiros, com sua orla de rochedos negros e recifes onde muitos marujos perderam a vida. Com o vento do norte, o local parece calmo e abrigado, convidando as tripulações a procurarem ali descanso e proteção. Então vem a súbita mudança de vento, com a tempestade vindo de sudoeste para arrastar âncoras e colocar a praia a sotavento; então ocorre a última batalha contra os rochedos. Os marinheiros experientes mantêm distância daquele lugar perigoso.

Em terra firme os arredores eram tão sombrios quanto no mar. Era uma região de pântanos, deserta e escura, com torres de igrejas aqui e ali marcando o local de vilas antiquíssimas. Por todo lado, nesses pântanos, havia sinais de uma raça que desaparecera completamente, deixando estranhos monumentos de pedra que continham as cinzas de seus mortos cremados e artefatos curiosos, indícios da evolução pré-histórica. O fascínio e o mistério daquele lugar, com sua atmosfera sinistra de nações esquecidas, atraía a imaginação do meu amigo, que passava grande parte do seu tempo em longas caminhadas e meditações solitárias no pântano. Também prendera sua atenção o antigo dialeto da Cornualha, que, segundo Holmes, era parecido com o caldeu e teria sido influenciado pelo idioma dos comerciantes fenícios de estanho. Ele recebera uma encomenda de livros de filologia e começava a desenvolver sua tese quando, para minha tristeza e sua indisfarçável alegria, envolvemo-nos, naquela terra de sonhos, num mistério muito maior do que aqueles que nos afastaram de Londres. Nossa vida simples e tranquila, com sua rotina saudável, foi violentamente interrompida, e fomos atirados no meio de uma série de eventos que causou grande conturbação não apenas na Cornualha, mas em todo o oeste da Inglaterra. Muitos dos meus leitores talvez se lembrem do que a imprensa chamou, na época, de "O Horror da Cornualha". Contudo, os jornais fizeram um relato incompleto. Agora, passados treze anos, apresento os detalhes verdadeiros daquele caso.

Já disse que as torres esparsas marcavam as vilas que pontuavam essa parte da Cornualha. A mais próxima delas era a aldeia de Tredannick Wollas, onde os chalés dos cerca de duzentos habitantes agrupavam-se em torno da igreja velha coberta de musgo. O vigário

O Pé-do-Diabo

da paróquia, Sr. Roundhay, era uma espécie de arqueólogo, e foi nessa condição que Holmes o conheceu. Ele era um homem de meia-idade, corpulento, afável e razoavelmente erudito na história local. Atendendo a seu convite, fomos tomar chá na casa paroquial, onde conhecemos o Sr. Mortimer Tregennis, cavalheiro que ampliava os parcos recursos do clérigo alugando um quarto da casa. O vigário, solteiro, gostou do acordo, embora tivesse pouco em comum com seu hóspede, que era magro, moreno, usava óculos e mantinha-se sempre curvado, o que dava a impressão de uma deformidade física. Lembro que, durante nossa visita, o pároco estava falante, enquanto seu hóspede permanecia estranhamente reticente, parecendo triste e introspectivo, aparentemente preocupado com seus próprios problemas.

Foram esses os dois homens que entraram abruptamente em nossa pequena sala de estar em 16 de março, terça-feira, pouco depois do nosso café da manhã, enquanto fumávamos antes de sairmos para nossa excursão pelo pântano.

– Sr. Holmes – disse o vigário, com voz agitada –, tivemos um acontecimento trágico e extraordinário durante a noite. Algo de que nunca se ouviu falar. Só podemos pensar que foi a Providência que fez o senhor estar aqui, pois em toda a Inglaterra é o único homem que pode nos ajudar.

Olhei com cara de poucos amigos para o vigário, mas Holmes tirou o cachimbo da boca e aprumou-se na cadeira como um cachorro velho que ouve o chamado do caçador. Ele indicou o sofá com a mão, e lá se sentaram nossos agitados visitantes. O Sr. Mortimer Tregennis estava mais controlado que o clérigo, mas as mãos magras, inquietas, e os olhos brilhantes indicavam que também estava abalado.

– Quem fala, eu ou você? – ele perguntou ao vigário.

– Bem, já que o senhor fez a descoberta, o que quer que seja, e o vigário ficou sabendo depois, é melhor o senhor mesmo falar – disse Holmes.

Olhei para o clérigo, que evidentemente se vestira às pressas, e para seu hóspede, formalmente vestido, e diverti-me com a surpresa que a dedução simples de Holmes estampou em seus rostos.

– Talvez seja melhor eu dizer algumas palavras primeiro – disse o vigário –, e então o senhor pode avaliar se deseja que o Sr. Tregennis conte os detalhes ou se não é melhor irmos direto para o local desse misterioso acontecimento. Devo contar, então, que meu amigo aqui esteve, na noite passada, em companhia de seus dois irmãos, Owen e George, e de sua irmã Brenda, na casa da família em Tredannick Wartha, que fica perto da velha cruz de pedra do pântano. Pouco depois das dez horas, o Sr. Tregennis despediu-se deles, que ficaram jogando cartas na mesa da sala de jantar, todos com ótimo humor e disposição. Tendo o hábito de levantar cedo, esta manhã ele caminhava naquela direção, antes do café da manhã, quando foi alcançado pela carruagem do Dr. Richards, que lhe explicou ter sido chamado urgentemente para comparecer a Tredannick Wartha. Naturalmente, o Sr. Mortimer Tregennis aqui foi junto com ele. Ao chegar à casa da família, deparou com uma situação extraordinária. Os dois irmãos e a irmã estavam sentados à mesa da mesma forma como ele os deixara, com o baralho espalhado à sua frente e as velas queimadas até o fim. A irmã, recostada na cadeira, achava-se morta e fria, enquanto os dois irmãos cantavam, riam e gritavam, completamente enlouquecidos. Todos os três mostravam, nos rostos, expressão de intenso horror, uma convulsão de medo que era horrível de se contemplar. Não havia sinais da presença de ninguém mais, a não ser a Sra. Porter, a velha cozinheira e governanta, que declarou ter dormido profundamente e não ter ouvido nenhum som durante a noite. Nada foi roubado ou tirado de seu lugar, e não há qualquer explicação sobre o que pode ter horrorizado tanto uma mulher e dois homens fortes que fez com que ela morresse e os dois enlouquecessem. Em resumo, essa é a situação, Sr. Holmes, e ficaremos muito gratos se puder ajudar-nos a esclarecer a situação.

Eu esperava, de algum modo, convencer meu amigo a permanecer no descanso, que era o objetivo de nossa viagem. Mas bastou um olhar para o rosto concentrado e as sobrancelhas franzidas para saber que era inútil tentar afastá-lo desse caso. Ele ficou alguns instantes sentado em silêncio, refletindo sobre o estranho drama que interrompeu nosso repouso.

– Vou investigar o caso – disse Holmes, finalmente. – Parece ter acontecido algo de muito excepcional. Já esteve lá, Sr. Roundhay?

– Não, Sr. Holmes. Tregennis contou-me sobre o ocorrido na casa paroquial, e corri para pedir-lhe ajuda.

– Qual a distância até a casa onde essa tragédia peculiar aconteceu?

– Cerca de um quilômetro e meio para o interior.

– Então vamos caminhando juntos. Antes de sairmos, contudo, gostaria de fazer algumas perguntas ao Sr. Mortimer Tregennis.

Este ficara quieto o tempo todo, mas reparei que sua agitação, embora controlada, era ainda maior do que a do emotivo clérigo. Ele estava com o rosto pálido e abatido, o olhar ansioso fixo em Holmes, contorcendo convulsivamente as mãos magras. Os lábios brancos tremiam enquanto ouvia falarem daquele espantoso acontecimento que caíra sobre sua família; os olhos escuros pareciam refletir algo do horror daquela cena.

— Pergunte o que quiser, Sr. Holmes — concordou ele. — É muito ruim falar disso, mas vou dizer-lhe a verdade.

— Conte-me sobre a noite passada.

— Bem, Sr. Holmes, eu jantei lá, como o vigário disse, e depois meu irmão mais velho, George, propôs um jogo de *whist*[4]. Sentamo-nos para jogar às nove horas. Levantei-me para ir embora às dez e quinze. Deixei-os ao redor da mesa, alegres e satisfeitos.

— Quem lhe abriu a porta?

— A Sra. Porter já havia se recolhido, de modo que eu mesmo abri a porta e fechei-a atrás de mim. A janela da sala em que eles jogavam estava fechada, mas a cortina, não. Esta manhã a janela e a porta estavam do mesmo jeito, e não há razão para crer que qualquer estranho tenha estado na casa. Mas, de qualquer modo, os dois enlouqueceram e Brenda morreu de medo, com a cabeça pendendo sobre o braço da poltrona. Enquanto viver, não vou conseguir esquecer a imagem que vi esta manhã.

— Os fatos, pelo que me conta, são realmente inusitados — disse Holmes. — Imagino que o senhor não tenha uma teoria que possa explicar o que aconteceu.

— É coisa do demônio, Sr. Holmes; coisa do demônio! — exclamou Mortimer Tregennis. — Só pode ser sobrenatural. Algo entrou naquela sala e expulsou a razão de suas mentes. Que ser humano poderia fazer isso?

— Receio — disse Holmes — que, se o assunto for sobrenatural, está além da minha capacidade. Ainda assim, devemos esgotar todas as explicações naturais antes de aceitarmos teorias desse tipo. Quanto ao senhor, imagino que tinha alguma divergência com sua família, já que morava separado de seus irmãos.

— De fato, Sr. Holmes, embora o problema pertença ao passado e esteja superado. Possuíamos uma mina de estanho em Redruth, mas a vendemos a uma empresa e saímos com o suficiente para nos sustentar. Não vou negar que uma mágoa quanto à divisão do dinheiro ficou entre nós durante algum tempo, mas tudo isso já foi perdoado e esquecido, e tínhamos nos tornado bons amigos novamente.

— Pensando na noite passada, surge algo em sua memória que possa sugerir a causa dessa tragédia? Pense bem, Sr. Tregennis, pois qualquer coisa pode me ajudar.

— Não me lembro de nada.

— Seus irmãos estavam de bom humor?

— Nunca os vi melhor.

---

[4] Whist = jogo de cartas semelhante ao *bridge,* do qual é precursor.

— Aparentavam algum nervosismo? Ou apreensão, como se corressem algum perigo?
— Nada disso.
— Então não tem nada a acrescentar, algo que pudesse me ajudar?
Mortimer Tregennis refletiu por um instante.
— Tem uma coisa – ele disse, afinal. – Quando nos sentamos para jogar, fiquei de costas para a janela. Meu irmão George, sendo meu parceiro, ficou de frente para ela. Em determinado momento, ele olhou interessado por sobre o meu ombro. Voltei-me para olhar, também. A cortina estava erguida e a janela fechada, mas só consegui ver os arbustos no jardim, e pareceu-me, naquele momento, que alguma coisa estava se mexendo no meio deles, mas não soube dizer se era humano ou animal. Quando perguntei a George o que ele estava olhando, contou-me que tivera a mesma sensação. Isso é tudo o que sei dizer.
— Vocês não foram investigar, para ver o que era?
— Não. Não demos importância.
— O senhor saiu de lá, então, sem o menor pressentimento?
— Exato.
— Não entendi bem como foi que recebeu a notícia tão cedo, hoje.
— Geralmente acordo cedo e vou andar, antes do café da manhã. Hoje, eu mal saíra quando o médico me alcançou com sua carruagem. Ele disse que a Sra. Porter mandara um garoto chamá-lo, falando que era urgente. Subi na carruagem e fomos para lá. Ao chegarmos, fomos para a sala de jantar. As velas e a lareira devem ter se extinguido horas antes, e eles ficaram lá no escuro até o amanhecer. O médico disse que Brenda tinha morrido havia pelo menos seis horas. Não havia sinal de violência. Ela estava caída sobre o braço da poltrona com aquela expressão no rosto. George e Owen cantavam pedaços de músicas, balbuciando como macacos. Oh, foi algo terrível de se ver! Eu não conseguia suportar e o médico ficou branco como papel. Na verdade, ele desabou sobre uma cadeira, numa espécie de desmaio, e quase perde a razão também.
— Extraordinário! – disse Holmes levantando-se e pegando o chapéu.
— Acho melhor irmos logo a Tredannick Wartha. Confesso que poucas vezes vi um caso que se mostrasse tão intricado em seu início.

Nossos procedimentos, naquela manhã, pouco ajudaram a investigação. Contudo, o dia foi marcado por um fato que me causou a mais sinistra impressão. Chega-se ao local da tragédia por uma estradinha estreita e tortuosa. Quando nos aproximávamos, ouvimos o ruído de uma carruagem vindo em nossa direção e afastamo-nos para ela passar. Quando o veículo estava ao nosso lado, pude ver, através

da janela fechada, um rosto horrivelmente contorcido, que rilhava os dentes e olhava para nós, compondo uma visão terrível.
— Meus irmãos! — exclamou Mortimer Tregennis, branco até a raiz dos cabelos. — Estão sendo levados para Helston.
Ficamos olhando assustados para a carruagem escura, que chacoalhava e se afastava. Então retomamos o trajeto até a casa amaldiçoada onde aqueles três irmãos encontraram seu triste destino.
Grande e iluminada, a residência dos Tregennis era mais uma mansão do que um chalé. Tinha um belo jardim, repleto de flores primaveris. De frente para o jardim ficava a janela da sala, por onde, segundo Mortimer Tregennis, deve ter entrado aquela coisa demoníaca que instantaneamente encheu os irmãos de horror e esvaziou suas mentes. Holmes andou lenta e pensativamente entre os canteiros de flores e pelo caminho antes de entrarmos. Estava tão absorto em seus pensamentos que tropeçou no regador de água, encharcando nossos pés e a trilha do jardim. Dentro da casa encontramos a velha governanta, Sra. Porter, que, com a ajuda de uma garota, servia a família. Ela respondeu prontamente às perguntas de Holmes. Nada ouvira durante a noite. Seus patrões estavam de ótimo humor e ela nunca os vira mais animados. A governanta desmaiara de medo ao entrar na sala, aquela manhã, e ver aquele quadro terrível. Ao se recuperar, abriu a janela para fazer entrar o ar matinal e saiu andando pela estradinha até encontrar o garoto, que enviou para chamar o médico. O corpo da patroa estava na cama, no andar de cima, caso quiséssemos vê-la. Foram necessários quatro homens fortes para colocar os dois irmãos na carruagem do hospício. Ela, por sua vez, não ficaria naquela casa nem mais um dia e estava de partida, à tarde, para a casa da família em St. Ives.
Subimos a escada e vimos o corpo. A Srta. Brenda Tregennis devia ter sido uma moça muito bonita, embora na ocasião estivesse perto da meia-idade. Seu rosto moreno e delicado era atraente, mesmo estando morta, embora mantivesse traços da convulsão de medo que fora sua última emoção. De seu quarto descemos para a sala onde a tragédia ocorrera. As cinzas da noite anterior jaziam na lareira. Sobre a mesa estavam os restos de quatro velas e as cartas do baralho espalhadas. As cadeiras haviam sido colocadas contra a parede, mas, a não ser por isso, tudo estava como na noite anterior. Holmes andou pela sala e sentou-se em várias cadeiras, arrastando-as e reconstruindo suas posições. Verificou quanto do jardim era visível, examinou o chão, o teto e a lareira, mas não vi aquele brilho repentino em seus olhos e o estreitamento dos lábios que me revelavam quando ele encontrava uma pista no meio da escuridão.

– Por que a lareira estava acesa? – perguntou Holmes. – Eles sempre a acendiam, nesta sala pequena, mesmo numa noite de primavera?

Mortimer Tregennis explicou que a noite estava fria e úmida. Por isso, acenderam-na depois que ele chegou.

– O que vai fazer agora, Sr. Holmes? – ele perguntou.

Meu amigo sorriu e colocou a mão no meu braço.

– Penso, Watson, que vou voltar a envenenar-me com tabaco, coisa que você frequentemente, e com razão, condena – ele disse. – Com sua permissão, cavalheiros, vamos voltar ao nosso chalé, pois acredito que nada de novo surgirá neste local. Vou refletir sobre os fatos, Sr. Tregennis, e se algo me ocorrer entrarei em contato imediatamente com o senhor e o vigário. Enquanto isso, tenham um bom dia.

Depois que retornamos ao chalé Poldhu, demorou bastante até Holmes quebrar seu silêncio. Sentou-se na poltrona, todo encolhido, com o rosto magro e ascético quase invisível em meio à fumaça azul de seu cachimbo, a testa contraída e as sobrancelhas caídas, os olhos, distantes e vagos. Finalmente, pôs o cachimbo de lado e levantou-se.

– Assim não vai dar, Watson! – ele disse, rindo. – Vamos caminhar pelos penhascos, enquanto procuramos flechas petrificadas. É mais fácil encontrá-las do que achar pistas para o nosso problema. Fazer o cérebro funcionar sem material é o mesmo que forçar um motor; acaba quebrando! Ar marinho, sol e paciência, Watson. Todo o resto vem junto.

Quando ladeávamos os penhascos, Holmes retomou seu raciocínio.

– Agora, Watson, vamos calmamente definir nossa posição – ele continuou. – Vamos deixar bem claro o pouco que realmente sabemos, para que, quando os novos fatos surgirem, estejamos aptos a compreendê-los. Imagino, em primeiro lugar, que nenhum de nós dois aceita intrusões diabólicas nos assuntos humanos. Vamos começar afastando totalmente essa hipótese. Muito bem. Restam, então, três pessoas abatidas, consciente ou inconscientemente, por um ser humano. Até aí estamos em terreno firme. Agora, quando ocorreu o golpe? Evidentemente, assumindo que a história seja verdadeira, foi logo depois da saída do Sr. Mortimer Tregennis. Isso é muito importante. Provavelmente aconteceu alguns minutos depois. As cartas continuavam sobre a mesa. Já passava da hora em que costumavam ir para a cama. Mesmo assim, não tinham mudado de posição nem afastado as cadeiras. Repito, portanto, que o incidente se deu logo após a partida de Mortimer Tregennis e antes das onze horas da noite.

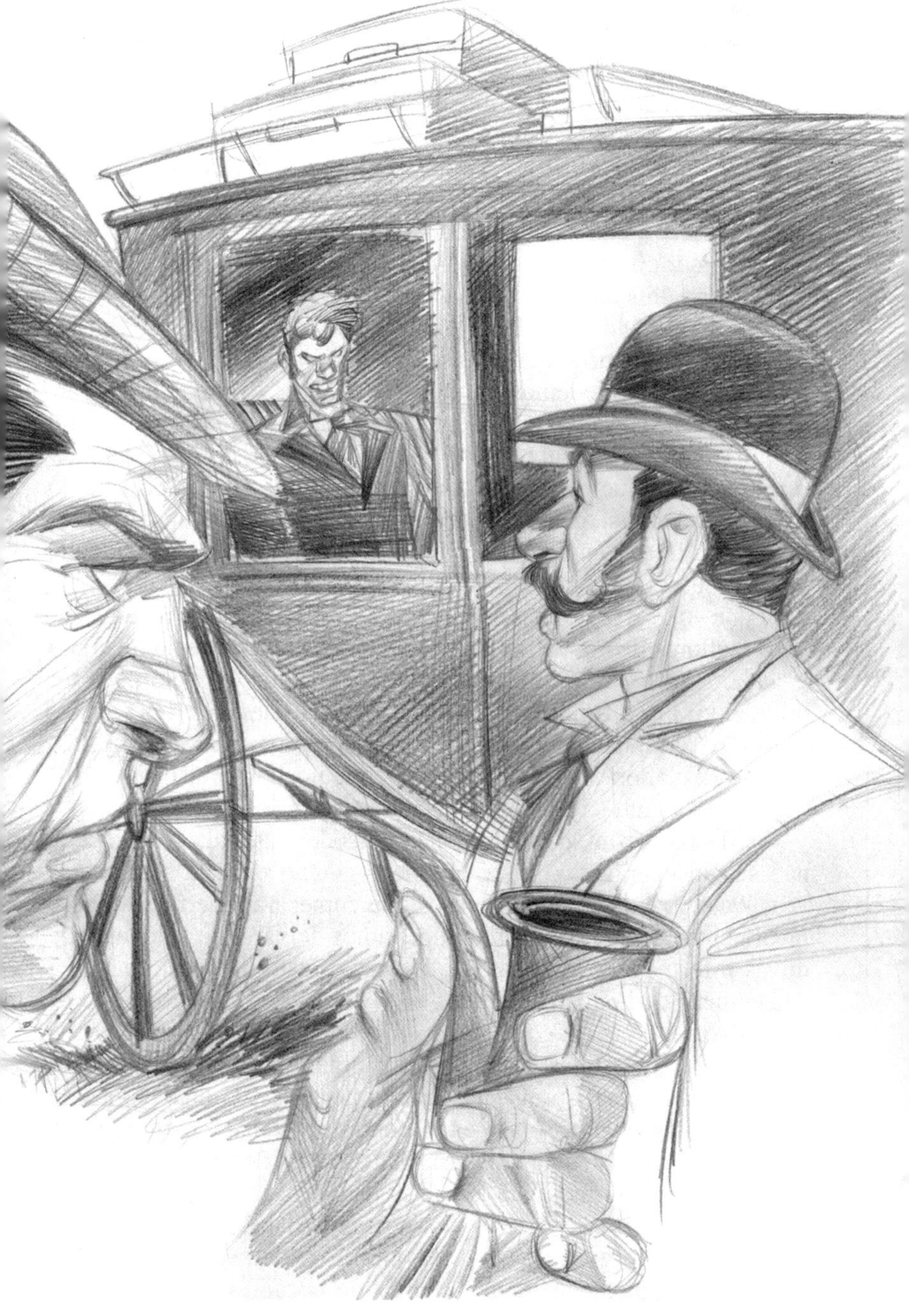

"Nosso próximo passo óbvio seria verificar, o melhor que pudermos, o que ele fez depois que saiu. Isso não apresenta dificuldades, e parece que está acima de qualquer suspeita. Como você já conhece meus métodos, imagino que percebeu o expediente desajeitado de derrubar o regador. Assim consegui uma marca bem definida da pegada de Tregennis. O caminho arenoso e molhado revelou-a muito bem. A noite passada estava úmida, lembra-se, e não me foi difícil – tendo conseguido um modelo – encontrar as pegadas de Mortimer e seguir seus movimentos. Parece que ele andou rapidamente na direção da casa paroquial.

"Se, então, Mortimer Tregennis saiu de cena e outra pessoa afetou os três irmãos, como poderemos saber quem foi e como causou tal impressão de terror? Podemos eliminar a Sra. Porter. Ela é evidentemente inofensiva. Existe alguma evidência de que alguém foi até a janela do jardim e assim produziu efeito tão assombroso que abalou profundamente aqueles que o viram? A única sugestão nesse sentido vem do próprio Tregennis, que diz que ele e o irmão falaram de movimentos no jardim. Isso é singular, pois a noite estava chuvosa, encoberta e, portanto, escura. Quem tivesse a intenção de assustar aquelas pessoas teria que colar o rosto contra o vidro para ser visto. Mas há um canteiro de flores de um metro sob a janela que não apresenta qualquer pegada. É difícil de imaginar, dessa forma, como alguém pode ter produzido, lá de fora, impressão tão terrível naqueles três irmãos. Por outro lado, não soubemos de nenhum motivo para atentado tão estranho e elaborado. Compreende as dificuldades, Watson?"

– Claramente – respondi com convicção.

– Mesmo assim, com um pouco mais de material, veremos que não são insuperáveis – disse Holmes. – Acho que em seus arquivos, Watson, existem alguns casos que começaram de forma quase igualmente obscura. Enquanto isso, vamos deixá-lo de lado, até que novas informações apareçam, e dedicar o resto da nossa manhã à perseguição do homem neolítico.

Talvez eu já tenha comentado sobre a capacidade que meu amigo tinha de se desligar, mas nunca imaginei que pudesse ser como naquela manhã, na Cornualha, quando por mais de duas horas ele discursou alegremente sobre celtas, pontas de flechas e fósseis, como se não tivéssemos nenhum mistério sinistro para desvendar. Somente à tarde, ao regressarmos para o chalé, nossos pensamentos voltaram ao problema devido ao visitante que nos aguardava. Nenhum de nós precisou ser apresentado. O corpanzil, o rosto profundamente marcado, os olhos penetrantes, o nariz de falcão, o cabelo grisalho que quase raspava o teto de nosso chalé, a barba – loura nas bordas e branca perto dos lábios, a não ser pela mancha de nicotina –, todos esses detalhes eram igualmente conhecidos em Londres como na África, e só podiam ser associados à tremenda personalidade do Dr. Leon Sterndale, o grande explorador e caçador de leões.

Já tínhamos ouvido falar de sua presença no distrito e, vez ou outra, víamos sua figura gigantesca nas trilhas do pântano. Contudo, ele nunca se aproximou de nós, que também não sonhamos em fazê--lo, pois o Dr. Sterndale era conhecido por gostar da solidão, o que o fazia passar a maior parte do tempo entre suas expedições num bangalô enterrado na floresta de Beauchamp Arriance. Lá, entre livros e mapas, levava uma vida absolutamente solitária, de necessidades espartanas, sem prestar muita atenção aos vizinhos. Foi com muita surpresa, portanto, que o ouvi perguntar a Holmes, ansioso, se o famoso detetive fizera algum progresso na solução daquele mistério.

– A polícia da região não sabe o que fazer – ele disse –, mas talvez sua grande experiência possa sugerir-lhe alguma explicação. O único motivo que faz com que me interesse pelo caso é que conheço muito bem os Tregennis. Na verdade, pelo lado da minha mãe, cuja família é da Cornualha, eu poderia chamá-los de primos, e o que aconteceu com eles causou-me um choque muito grande. Eu já estava em Plymouth, a caminho da África, mas a notícia chegou até mim esta manhã, de modo que voltei para ajudar na investigação.

Holmes ergueu as sobrancelhas.

– Então, perdeu o barco por causa disto?

– Vou pegar o próximo.

– Vejam só! Isso é que é amizade.

– Disse-lhe que eram parentes, na verdade.

– Exato; primos da sua mãe. Sua bagagem já tinha sido embarcada?

– Parte dela, mas o principal está no hotel.

– Entendo. Mas essa tragédia ainda não pode ter chegado aos jornais de Plymouth.

– Não, senhor. Recebi um telegrama.

– Posso perguntar de quem?

Uma sombra passou pelo rosto do explorador.

– Faz muitas perguntas, Sr. Holmes.

– Esse é o meu trabalho.

Com esforço, o Dr. Sterndale recobrou sua calma.

– Não tenho objeção em lhe contar que foi o Sr. Roundhay, o vigário, quem telegrafou me chamando.

– Obrigado – disse Holmes. – Quanto à sua pergunta original, devo dizer que ainda não cheguei a nenhuma conclusão com relação a este caso, mas estou convencido de que chegarei à solução. Seria prematuro dizer mais que isso.
– Talvez possa me dizer se suas suspeitas apontam em alguma direção.
– Não, não posso responder a isso.
– Então, desperdicei meu tempo e não preciso prolongar minha visita.
O famoso explorador saiu de nosso chalé consideravelmente mal-humorado. Cinco minutos depois, Holmes saiu atrás dele. Não o vi mais até de noite, quando seu rosto abatido me fez saber que não obtivera grandes progressos na investigação. Holmes leu o telegrama que o esperava e o atirou na lareira.
– É do hotel em Plymouth, Watson – ele explicou. – O vigário me disse o nome e telegrafei para confirmar a história do Dr. Leon Sterndale. Parece que é verdade que ele passou a noite lá e que realmente enviou parte de sua bagagem para a África, voltando para acompanhar a investigação. O que acha disso, Watson?
– Ele está muito interessado.
– Muito interessado... isso mesmo. Aí tem algo que eu ainda não consigo compreender, mas que mesmo assim pode nos ajudar a esclarecer tudo. Anime-se, Watson, pois novas evidências ainda não surgiram e, quando surgirem, nossas dificuldades acabarão.
Mas eu não imaginava que as palavras de Holmes se tornariam realidade, ou que as novas evidências – estranhas e sinistras – abririam uma nova linha de investigação. Estava me barbeando, pela manhã, quando ouvi o barulho de cascos. Ao olhar, vi a charrete vindo a galope pela estrada. Parou em frente a nossa porta, e dela saltou nosso amigo, o vigário. Holmes já estava vestido, e nós dois corremos para encontrar o clérigo.
Nosso visitante estava não nervoso que mal conseguia falar, mas, em meio a engasgos, foi soltando sua história trágica.
– O diabo está à solta, Sr. Holmes! Minha pobre paróquia está sob o jugo do diabo! – ele exclamou. – O próprio Satã está à solta. Estamos à sua mercê!
O homem dançava de tão agitado, e seria engraçado se não fosse o rosto pálido e os olhos apavorados. Finalmente conseguiu dar a notícia terrível:
– O Sr. Mortimer Tregennis morreu durante a noite, com os mesmos sintomas que o resto da família.
Holmes aprumou-se, reunindo instantaneamente toda a sua energia.

O Pé-do-Diabo

– Nós dois cabemos na sua charrete?
– Acho que sim.
– Vamos, Watson, depois tomamos o nosso café da manhã. Sr. Roundhay, estamos à sua disposição. Rápido, rápido, antes que mexam nas coisas.

O hóspede ocupava dois cômodos da casa paroquial. Ficavam num canto da casa, um sobre o outro. Embaixo ficava uma grande sala de estar e no andar de cima, o quarto. As janelas desses aposentos abriam-se para um campo de *croquet* que chegava até a casa. Chegamos lá antes da polícia ou do médico, de modo que tudo estava em seu lugar. Vou descrever a cena exatamente como vimos naquela manhã enevoada de março. Ela deixou uma impressão em mim que nunca mais vou conseguir apagar.

A atmosfera do quarto era horrível e deprimente. A empregada que primeiro entrara no quarto tinha aberto a janela, caso contrário estaria ainda mais intolerável. Isso se devia em parte ao fato de uma luminária estar acesa e produzindo fumaça na mesa central. Junto a ela estava o morto, recostado na cadeira, com a barba rala apontada para cima, os óculos na testa e o rosto moreno virado para a janela, ostentando a mesma distorção pavorosa que marcara as feições de sua falecida irmã. Os membros também se apresentavam contorcidos, como se tivesse morrido num ataque de medo. Mortimer Tregennis estava vestido, mas havia sinais de que se vestira apressadamente. Ficamos sabendo que ele dormira em sua cama, e que a tragédia ocorrera de manhã cedo.

Podia-se perceber a energia que havia por baixo do exterior fleumático de Holmes ao ver a transformação súbita pela qual ele passou a partir do momento em que entrou naquela sala fatal. Num instante, tornou-se tenso, alerta e seus olhos começaram a brilhar. Foi para o gramado, entrou pela janela, revistou a sala, depois o dormitório, parecendo um cão de caça atrás de sua presa. No dormitório, abriu a janela, o que pareceu fornecer-lhe novos motivos para agitação, pois debruçou-se nela soltando exclamações de interesse e satisfação. Então, desceu correndo a escada, saiu pela janela aberta, deitou-se no gramado, levantou-se e correu mais uma vez para a sala, com toda a energia de um caçador que está perto de sua presa. A luminária, de um tipo comum, foi examinada minuciosamente, sendo que Holmes mediu com cuidado a capacidade dela. Com sua lente de aumento, inspecionou a parte superior, recolhendo parte das cinzas que ali estavam, guardando-as num envelope, que pôs no bolso. Finalmente, quando o médico e a polícia chegaram, Holmes chamou o vigário, e nós três fomos para o gramado.

– Fico feliz em lhe dizer que minha investigação não foi totalmente inútil – ele disse. – Não posso esperar para discutir o caso com a polícia, mas ficaria muito grato, Sr. Roundhay, se pudesse cumprimentar o inspetor por mim e chamar-lhe a atenção para a janela do quarto e para a luminária da sala de estar. Cada um dos itens é sugestivo, sendo que os dois juntos são quase conclusivos. Se a polícia quiser mais informações, estarei no chalé. E agora, Watson, acho que é melhor irmos embora.

É possível que a polícia não tivesse gostado daquela intrusão do detetive particular, ou que eles tivessem seguido outra linha investigativa, mas o fato é que não nos procuraram nos dois dias seguintes. Durante esse período, Holmes passou parte do seu tempo fumando e pensando, no chalé, e parte – a maior, na verdade – caminhando sozinho pelo campo, sem dizer onde tinha estado, quando retornava. Uma experiência que fez revelou-me sua linha de investigação. Ele comprara uma luminária idêntica à que estava na sala de Mortimer Tregennis na manhã em que ele morreu. Holmes encheu-a com o mesmo óleo usado na casa paroquial e anotou o tempo necessário para o combustível acabar. Outra experiência foi um pouco mais desagradável, e acho que nunca mais vou me esquecer dela.

– Perceba, Watson, que existe um único ponto em comum nos vários relatos que recebemos. Trata-se do efeito que a "atmosfera" da sala causou na primeira pessoa que nela entrou. Você se lembra de que Mortimer Tregennis, ao descrever sua visita à casa dos irmãos, mencionou que o médico, ao entrar no local, desabou numa cadeira? Não se lembra? Bem, posso lhe assegurar que foi isso que aconteceu. Talvez você se lembre, então, de que a Sra. Porter, a governanta, também desmaiou ao entrar na sala e que, quando se recuperou, abriu a janela. No segundo caso, da morte do próprio Mortimer Tregennis, você há de se lembrar do ar pesado que pairava na sala quando chegamos, embora a empregada já tivesse aberto a janela. Essa empregada, fiquei sabendo, depois foi se deitar, pois sentia-se muito mal. Tem de admitir, Watson, que esses fatos são muito sugestivos. Nos dois casos há indícios de uma atmosfera venenosa. Nos dois casos, também, havia uma combustão em andamento na sala, lareira num caso e luminária no outro. A lareira era necessária, mas a luminária foi acesa, pelo que pude verificar medindo o óleo consumido, depois que o dia estava claro. Por quê? Certamente porque há alguma relação entre essas três coisas: queima, atmosfera pesada e, finalmente, a loucura ou morte das pessoas. Isso não é claro?

– Parece que sim.

– Pelo menos podemos aceitar essa como uma hipótese de trabalho. Vamos supor, então, que algo foi queimado, em cada um dos dias, produzindo uma atmosfera com estranhos efeitos tóxicos. Muito bem. No primeiro caso, o dos irmãos Tregennis, a substância foi colocada na lareira. A janela estava fechada, mas a chaminé deve ter carregado parte da fumaça, fazendo, portanto, que os efeitos do veneno fossem menores que no segundo caso, em que a fumaça não tinha por onde escapar. Os resultados apontam nessa direção, já que na primeira tragédia somente morreu a mulher, que, presume-se, tinha o organismo mais frágil. Os outros ficaram temporária ou definitivamente loucos, o que é evidentemente efeito da droga. No segundo caso, o resultado foi completo. Os fatos, portanto, parecem apoiar a teoria de veneno que é ativado por combustão.

"Com isso em mente, naturalmente procurei, no quarto de Mortimer Tregennis, restos da substância. O lugar mais óbvio para procurar era a tampa da luminária. Foi onde, realmente, encontrei cinzas e um pó marrom, ainda não queimado. Peguei metade dele, como você reparou, e guardei num envelope."

– Por que metade, Holmes?

– Meu caro Watson, não posso atrapalhar a polícia. Costumo deixar para eles todas as evidências que encontro. O veneno estava na luminária, bastando ao inspetor ter vontade de encontrá-lo. Agora, Watson, vamos acender nossa luminária. Contudo, vamos abrir a janela para evitar o falecimento precoce de dois membros dignos da sociedade. Sente-se naquela poltrona perto da janela, a menos que, como homem sensato que é, resolva nada ter com o assunto. Ah, vai ficar? Eu sabia que conhecia o meu Watson. Vou colocar esta cadeira de frente para a sua, de modo que fiquemos à mesma distância do veneno e frente a frente. Deixaremos a porta entreaberta. Assim poderemos nos observar e interromper a experiência caso os sintomas pareçam assustadores. Está tudo certo? Vou pegar o pó... ou o que resta dele... do envelope e despejar sobre a luminária acesa. Agora, Watson, vamos nos sentar e esperar.

Não precisamos esperar muito. Mal havia me ajeitado na poltrona quando senti um odor espesso, almiscarado e nauseante. Logo que o inalei, meu cérebro e minha imaginação saíram de controle. Uma nuvem preta desceu à frente dos meus olhos e tive a sensação de que nessa nuvem escondia-se tudo que havia de horrível e monstruoso no universo, além de maldades inconcebíveis. Formas indefinidas dançavam nessa nuvem escura, cada uma delas ameaçadora e mensageira de males ainda maiores, advertindo-me de que um ser inimaginável assomava à soleira, cuja mera sombra esfacelaria minha alma. Um horror paralisante apoderou-se de mim. Senti que meu cabelo se eriçava, os olhos saltavam e, na boca aberta, a língua transformava-se em couro. O redemoinho era tamanho no meu cérebro que parecia que algo iria estourar. Tentei gritar, mas só ouvi um som áspero, ao longe, parecido com minha voz. No mesmo instante, num esforço para escapar àquelas sensações, vi o rosto de Holmes; pálido, rígido e transfigurado de terror – as mesmas feições do morto. Foi essa visão que me deu um segundo de sanidade e força. Levantei da minha poltrona, passei os braços em volta de Holmes e, juntos, cambaleamos para fora, jogando-nos em seguida no gramado, onde ficamos lado a lado, vagamente conscientes do glorioso sol que abria caminho pela infernal nuvem de medo que nos envolvera. Lentamente ela foi abandonando nossas almas, como as brumas de uma paisagem, até que a paz e a razão retornaram e encontramo-nos sentados sobre a grama, enxugando a testa empapada, olhando um para o outro com apreensão, devido à assustadora experiência por que passamos.

– Meu caro Watson! – disse Holmes, afinal, com a voz insegura. – Devo-lhe desculpas e agradecimentos. Essa era uma experiência injustificável de se fazer sozinho, quanto mais arriscando a vida de um amigo. Eu, realmente, sinto muito.

– Você sabe – respondi, emocionado, pois jamais vira Holmes tão afetuoso – que minha maior alegria é poder ajudá-lo.

Ele retomou a veia meio irônica, meio cínica que lhe era natural.

– Seria supérfluo termos ficado loucos com o veneno, Watson. Um observador imparcial poderia declarar que já estávamos malucos antes de embarcar nessa experiência estúpida. Confesso que não imaginava que os efeitos pudessem ser tão fortes e repentinos.

Holmes correu para o chalé e voltou trazendo a luminária o mais longe do corpo que seu braço permitia. Em seguida, arremessou-a a um monte de galhos secos.

– Temos que dar um tempo para o ar circular na sala. Imagino, Watson, que você não tem mais nenhuma dúvida sobre como essas tragédias foram produzidas.

– Nenhuma.

– Mas os motivos continuam tão obscuros como antes. Vamos nos sentar à sombra desse caramanchão para discutir o assunto. Ainda sinto aquela substância na garganta. Acho que podemos admitir que todas as evidências apontam para aquele homem, Mortimer Tregennis, como o criminoso na primeira tragédia, embora tenha sido a vítima na segunda. Devemos nos lembrar, em primeiro lugar, de que havia alguma disputa em família, seguida por uma reconciliação. Não sabemos o quão dura foi a briga nem quão superficial foi a paz. Mas não me parece que Mortimer Tregennis, com aquele ar de raposa e os olhinhos suspeitos, seja o tipo de homem disposto a perdoar. Bem, em segundo lugar, você se lembra de que a história de alguém se mexendo no jardim, que desviou nossa atenção do real motivo da tragédia, foi inventada por ele, que tinha um motivo para nos confundir. Finalmente, se não foi ele quem jogou a substância na lareira quando saiu, quem foi? O evento deu-se logo após sua saída. Se outra pessoa tivesse chegado, a família teria se levantado da mesa. Além disso, na tranquila Cornualha, visitantes não chegam depois das dez da noite. Podemos acreditar, então, que todas as evidências apontam Mortimer Tregennis como culpado.

– Então sua própria morte foi suicídio!

– Bem, Watson, essa não é uma sugestão impossível. Um homem cuja alma fosse assombrada pela culpa de ter provocado tal desgraça a seus irmãos bem que poderia, levado pelo remorso, infligir o mesmo destino a si próprio. Contudo, existem alguns pontos contra essa teoria. Felizmente, há um homem na Inglaterra que sabe tudo sobre isso, e tomei providências para que ouçamos os fatos de sua própria boca, esta tarde. Ah, ele está um pouco adiantado. Queira vir por aqui, Dr. Leon Sterndale. Fizemos uma experiência química lá dentro que deixou nossa saleta inadequada para receber visitante tão distinto.

Eu ouvira o estalido do portão do jardim, e logo depois a figura majestosa do grande explorador africano apareceu. Ele mostrou certa surpresa ao ver onde estávamos.

– Mandou me chamar, Sr. Holmes. Recebi seu bilhete há uma hora e vim, embora não saiba por que deva obedecer a suas ordens.

– Talvez possamos esclarecer isso antes de nos despedirmos – disse Holmes. – Enquanto isso, quero agradecer pela cortesia de vir. Por favor, desculpe-nos esta recepção ao ar livre, mas meu amigo Watson e eu quase nos tornamos um novo capítulo do que os jornais estão chamando de "O Horror da Cornualha", de modo que preferimos uma atmosfera mais saudável no momento. Já que o assunto que estamos para discutir afeta o senhor de forma tão íntima, talvez seja melhor mesmo conversarmos num local onde não seremos ouvidos por ninguém.

O explorador tirou o charuto da boca e olhou com seriedade para meu amigo.

– Realmente não sei, meu senhor – ele disse –, que assuntos pode ter para falar que me sejam tão íntimos.

– O assassinato de Mortimer Tregennis – disse Holmes.

Por um instante desejei estar armado. O rosto furioso de Sterndale ficou vermelho-escuro, seus olhos chisparam e veias pipocaram em sua testa, enquanto seguia meu amigo com as mãos crispadas. Então ele se deteve, fazendo um esforço violento para recobrar aquela calma tensa que, talvez, sugerisse mais perigo que o arroubo de fúria.

– Vivi tanto tempo entre selvagens, longe da lei – disse –, que criei o costume de fazer minha própria lei. Seria bom que não se esquecesse disso, Sr. Holmes, pois não desejo machucá-lo.

– Também não lhe desejo mal, Dr. Sterndale. A prova mais clara disso é que, sabendo o que sei, mandei chamá-lo em vez da polícia.

Soltando um gemido, Sterndale sentou-se, amedrontado pela primeira vez em sua vida. Havia tal segurança na atitude de Holmes que não podia ser enfrentada. Nosso visitante gaguejou por alguns instantes, abrindo e fechando suas mãozorras.

– O que quer dizer? – perguntou, afinal. – Se está blefando, Sr. Holmes, escolheu um homem péssimo para isso. Vamos parar de brincadeira. O que quer dizer com isso?

– Vou lhe dizer – respondeu Holmes. – E a razão pela qual lhe conto o que sei é que espero que sinceridade puxe sinceridade. Meu próximo passo vai depender totalmente do que disser em sua defesa.

– Minha defesa?

– Sim, senhor.

– Minha defesa contra o quê?

– Contra a acusação de assassinar Mortimer Tregennis.

Sterndale enxugou a testa com seu lenço.

– Dou-lhe minha palavra de que está abusando – ele disse. – Todos os seus sucessos dependem desse seu prodigioso poder de blefar?

– O blefe – respondeu Holmes com seriedade – está sendo seu, Dr. Leon Sterndale, e não meu. Como prova disso, vou lhe contar alguns fatos em que baseio minhas conclusões. Sobre seu retorno de Plymouth, deixando que grande parte de suas coisas fosse para a África, nada vou dizer, a não ser que isso me fez ver que o senhor era um dos fatores a serem levados em conta na reconstrução desse drama...

– Eu voltei...

– Eu ouvi suas razões e considerei-as nada convincentes e adequadas. Vamos pular essa parte. O senhor veio até aqui para perguntar de quem eu suspeitava. Recusei-me a responder. Então foi até a casa paroquial, esperou do lado de fora durante algum tempo e voltou ao seu chalé.

– Como sabe disso?

– Eu o segui.

– Não vi ninguém.

– É o que se espera ver quando eu sigo alguém. O senhor passou uma noite agitada em sua casa, durante a qual fez certos planos, que

O Pé-do-Diabo

pôs em andamento de manhã cedo. Saiu de casa assim que amanheceu, não sem antes encher o bolso com umas pedrinhas avermelhadas que estavam amontoadas ao lado do seu portão.

Sterndale tremeu e olhou para Holmes, espantado.

– Então o senhor caminhou rapidamente o quilômetro e meio de distância entre seu chalé e a casa paroquial. Estava calçando o mesmo par de sapatos de tênis que tem agora nos pés. Na casa paroquial, passou pelo pomar e pela sebe lateral, chegando até a janela do hóspede, Mortimer Tregennis. Já era dia, mas a casa ainda estava quieta. Pegou as pedrinhas no bolso e as jogou na janela de cima...

Sterndale pôs-se de pé.

– Acho que o senhor é o diabo em pessoa! – exclamou.

Holmes sorriu com o elogio.

– Foram necessários dois, talvez três punhados antes que Tregennis aparecesse à janela. O senhor sinalizou para que ele descesse. Ele se vestiu às pressas e desceu para a sala de estar. O senhor entrou pela janela. Houve uma conversa... curta... durante a qual ficou andando pela sala. Depois saiu e fechou a janela, permanecendo no jardim, fumando um charuto e observando o que acontecia. Finalmente, após a morte de Tregennis, o senhor foi embora por onde veio. Agora, Sr. Sterndale, como justifica sua conduta, e quais foram os motivos para o que fez? Se tentar me enganar, passo o problema para a polícia e lavo minhas mãos.

O rosto de nosso visitante foi perdendo a cor à medida que ouvia as palavras de seu acusador. Permaneceu algum tempo com a face escondida entre as mãos. Depois, num impulso repentino, tirou uma fotografia do bolso e colocou-a sobre a mesa rústica.

– Eis por que fiz o que fiz.

Era o rosto de uma mulher linda. Holmes debruçou-se sobre a imagem.

– Brenda Tregennis – disse.

– Exato, Brenda Tregennis – repetiu nosso visitante. – Amei-a durante anos. Durante anos ela me amou. Esse é o segredo de meu retiro na Cornualha, que sempre espantou as pessoas. Assim eu ficava próximo à única coisa no mundo que me importava. Não podia me casar com ela, pois tenho uma esposa que me abandonou e, pelas lamentáveis leis inglesas, não posso me divorciar. Brenda esperou-me durante anos. Eu esperei anos. E foi isto que conseguimos.

Um soluço gigantesco sacudiu aquele corpanzil e ele levou a mão à garganta. Depois, controlou-se com esforço e continuou a falar.

– O vigário sabia. Ele pode lhes contar que Brenda era um anjo. Por isso enviou-me o telegrama e eu voltei. O que representavam minha

bagagem e a África depois que eu soube o que acontecera à minha amada? Aí está o motivo para o meu retorno, Sr. Holmes.
– Prossiga – disse meu amigo.
O Dr. Sterndale tirou do bolso um pacote de papel que depositou sobre a mesa. O rótulo informava *Radix pedis diaboli,* com o aviso de "veneno" em vermelho. Ele o empurrou na minha direção.
– Sei que o senhor é médico. Já ouviu falar desta substância?
– Raiz de pé-do-diabo? Não, nunca ouvi falar.
– Isso não depõe contra seu conhecimento profissional – disse o explorador. – Acredito que, a não ser por uma amostra em Buda, não se encontra mais disto na Europa. Ainda não aparece na farmacopeia nem na literatura de toxicologia. A raiz tem a forma de um pé, parecendo meio humano, meio de cabra. Daí o nome imaginativo dado por um missionário botânico. É usado em cerimônias de provação, por curandeiros de certas partes da África Ocidental, sendo guardado como segredo entre eles. Obtive esta porção em condições muito particulares na região de Ubanghi. Ele abriu o pacote enquanto falava, revelando um pó castanho, parecido com rapé.
– E então, meu senhor? – perguntou Holmes, sério.
– Estou para lhe contar, Sr. Holmes, tudo o que aconteceu, pois já sabe tanto, que é do meu interesse que saiba tudo. Já expliquei minha relação com a família Tregennis. Por causa de Brenda, tornei-me amigo dos irmãos. Houve uma briga na família por causa de dinheiro, o que isolou o tal Mortimer. Mas supostamente eles fizeram as pazes, e eu fui conversar com ele da mesma forma que fiz com os outros. Era um sujeito dissimulado e manhoso, e diversas coisas me fizeram suspeitar dele, mas não tive nenhum motivo concreto para brigar com ele.

"Um dia, há cerca de duas semanas, ele veio a minha casa e eu lhe mostrei algumas de minhas curiosidades africanas. Entre outras coisas, falei-lhe deste pó, de suas estranhas propriedades e de como ele estimula certas regiões do cérebro que controlam o medo, sendo que loucura ou morte é o destino do infeliz nativo submetido à provação pelo sacerdote. Também lhe contei que a ciência europeia era incapaz de detectá-lo. Não sei dizer quando Mortimer pegou o pé-do-diabo, pois não o deixei sozinho na sala, mas deve ter sido enquanto eu abria armários e caixas. Lembro-me bem das perguntas que fez sobre quantidades e tempo necessário para fazer efeito, mas eu não podia sonhar que ele tinha uma razão pessoal para perguntar.

"Não pensei mais no assunto até o telegrama do vigário me alcançar em Plymouth. O bandido pensou que eu já estaria no mar, e que passaria anos perdido na África antes que soubesse o que acon-

O Pé-do-Diabo 79

teceu. Mas eu voltei imediatamente. É claro que, quando soube dos detalhes, percebi que o veneno fora usado. Vim falar com o senhor para saber se havia a possibilidade de alguma outra explicação para o que acontecera. Mas não podia haver. Eu estava convencido de que Mortimer Tregennis era o assassino. Por causa do dinheiro e pensando que, se todos os outros membros da família se tornassem insanos, ele seria o guardião de suas propriedades, usou o pó do pé-do-diabo, enlouquecendo os dois irmãos e matando Brenda, sua própria irmã, a única mulher que jamais amei ou que me amou. Esse foi o crime; qual seria seu castigo?

"Deveria eu apelar à justiça? Onde estavam minhas provas? Eu sabia que os fatos eram verdadeiros, mas conseguiria que um júri acreditasse na minha história fantástica? Talvez sim, talvez não. Eu não podia me permitir essa dúvida. Minha alma clamava por vingança. Já lhe disse antes, Sr. Holmes, que passei grande parte da vida longe da lei e que me tornei minha própria lei. Foi assim. Determinei-me a fazer com que Mortimer tivesse o mesmo destino que proporcionara a sua família. Seria assim ou eu faria justiça com minhas próprias mãos. Em toda a Inglaterra não existe homem que dê menos valor à própria vida do que eu neste momento.

"Agora já lhe contei tudo. O senhor já sabe o resto. Como disse, passei uma noite sem dormir e saí cedo de casa. Previ que teria dificuldade para acordá-lo, então peguei as pedrinhas no local que mencionou e usei-as para jogar na janela de Mortimer. Ele desceu e me deixou entrar pela janela da sala de estar. Expus seu crime e disse-lhe que estava ali como juiz e carrasco. Ele desabou sobre a cadeira quando viu meu revólver. Acendi a luminária, joguei o pé-do-diabo por cima e saí, ficando de guarda junto à janela, pronto para cumprir minha promessa de atirar nele se tentasse fugir. Em cinco minutos estava morto. Deus! Como ele morreu! Mas meu coração estava endurecido, pois Mortimer não passou por nada que minha querida não tivesse passado antes. Essa é a história, Sr. Holmes. Talvez, se já tiver amado uma mulher, o senhor fizesse o mesmo. De qualquer modo, estou em suas mãos. Pode fazer o que quiser. Já disse que não há homem que tema menos a morte do que eu."

Holmes ficou algum tempo em silêncio.

– Quais são seus planos? – perguntou, finalmente.

– Pretendo sumir na África Central. Meu trabalho lá está pela metade.

– Vá e faça a outra metade – disse Holmes. – Afinal, não me sinto preparado para impedi-lo.

O Dr. Sterndale ergueu seu corpo gigantesco, fez uma reverência e saiu do caramanchão. Holmes acendeu seu cachimbo e entregou-me a tabaqueira.

– Um pouco de fumaça menos venenosa será uma boa mudança – disse ele. – Acho que você concorda, Watson, que não devemos interferir nesse caso. Nossa investigação foi independente, bem como nossa ação. Acha que deveríamos denunciar esse homem?

– Claro que não – respondi.

– Nunca amei, Watson, mas, se o tivesse feito, e se a mulher que amasse tivesse o mesmo fim que Brenda Tregennis, talvez eu fizesse o mesmo que nosso amigo explorador. Quem sabe? Bem, Watson, não vou ofender sua inteligência explicando-lhe o óbvio. As pedrinhas no parapeito foram o ponto de partida da minha investigação. Não havia pedras daquele tipo no jardim da casa paroquial. Só descobri sua origem quando fui até o chalé do Dr. Sterndale. A luminária acesa à luz do dia e o pó no quebra-luz foram os elos que completaram a corrente. E agora, meu caro Watson, acho que podemos esquecer esse assunto e voltar ao estudo das raízes caldeias que, com certeza, são encontradas no dialeto celta falado na Cornualha.

O Círculo Vermelho

– Bem, Sra. Warren, não vejo qualquer motivo para que se preocupe, e também não entendo por que eu, cujo tempo vale alguma coisa, deva me intrometer. Afinal, tenho outras coisas com que me preocupar – disse Sherlock Holmes, voltando-se para seu caderno de recortes, no qual arrumava e indexava os novos materiais.

Mas aquela senhora possuía a persistência e a astúcia típicas das mulheres. Ela não se deu por vencida.

– O senhor resolveu o problema de um inquilino meu, no ano passado – ela disse. – O Sr. Fairdale Hobbs.

– Ah, sim. Um caso simples.

– Mas ele não para de falar no senhor, de sua bondade e da forma como resolveu genialmente aquele mistério. Lembrei-me do que o Sr. Hobbs disse, agora que eu mesma não sei o que pensar. Eu sei que o senhor esclareceria tudo, se quisesse.

Holmes tornava-se acessível pela vaidade e, para fazer-lhe justiça, também pela bondade. As duas coisas juntas fizeram com que pusesse a cola de lado, com um suspiro de resignação.

– Bem, bem, Sra. Warren, conte-nos tudo a respeito, então. Imagino que não se incomoda que eu fume. Obrigado... Watson, os fósforos! Pelo que entendi, a senhora está intranquila porque seu inquilino fica trancado no quarto e nunca o vê? Ora, Deus a abençoe, Sra. Warren, pois, se eu fosse seu inquilino, ficaria semanas sem me ver.

– Muito bem, mas o caso dele é diferente. Isso me assusta, Sr. Holmes. Não consigo dormir de tanto medo. Fico ouvindo seus passos de um lado para o outro desde de manhã cedo até tarde da noite, e nunca consigo vê-lo. Isso é mais do que posso aguentar. Meu marido está tão nervoso quanto eu, mas ele sai para trabalhar e fica fora o dia todo, enquanto eu não consigo me esquecer do que está acontecendo. Do que ele está se escondendo? O que fez? A não ser pela criada, fico sozinha na casa com ele, e não consigo mais aguentar isso.

Holmes inclinou-se para a frente e tocou o ombro da mulher com seus dedos longos e magros. Quando queria, ele tinha um poder de acalmar os outros que era quase hipnótico. O ar de assustada sumiu de seus olhos, e sua agitação foi aos poucos sendo substituída por uma tranquilidade mais natural. Ela sentou-se na cadeira que ele ofereceu.

– Para eu aceitar o caso, preciso compreender todos os detalhes – disse Holmes. – Preciso de tempo para pensar. O menor detalhe pode ser essencial. A senhora disse que o homem apareceu há dez dias e pagou por duas semanas de hospedagem e alimentação.

– Ele perguntou minhas condições. Eu disse cinquenta xelins por semana. Tenho uma saleta e um quarto, mobiliados, no andar de cima.

– E então?

– Ele disse: "Vou lhe pagar cinco libras por semana se puder fazer as coisas do meu modo". Sou uma mulher pobre, e o Sr. Warren ganha pouco, de forma que o dinheiro me atraiu. Ele pegou uma nota de dez libras e, ao entregá-la, acrescentou: "A senhora receberá uma destas a cada quinzena durante muito tempo, se aceitar minhas condições".

– Quais são as condições?

– Ele queria a chave da casa. Tudo bem. Os inquilinos normalmente ficam com uma cópia. Queria também ser deixado totalmente em paz, e nunca, sob qualquer desculpa, ser incomodado.

– Nada demais nisso, acredito.

– Não, se fosse razoável. Mas isso está longe de ser razoável. Ele está lá há dez dias, e nem eu, nem o Sr. Warren e tampouco a criada conseguimos vê-lo. Ouvimos seus passos para um lado e para o outro, de manhã, à tarde e à noite. Mas, a não ser na primeira noite, nunca saiu de casa.

– Ah, ele saiu na primeira noite?

– Sim, senhor, e voltou muito tarde, depois que já estávamos todos na cama. Depois de alugar o quarto, ele me disse que o faria, e pediu-me para não trancar a porta. Ouvi quando chegou, depois da meia-noite.

– Mas e as refeições?

– Ele deu-me instruções claras, dizendo que, quando tocasse a campainha, deveríamos deixar seu prato sobre uma cadeira em frente à porta. Quando termina, ele toca de novo e nós retiramos o prato de cima da mesma cadeira. Se ele deseja algo, escreve num pedaço de papel, em letra de forma, e o deixa no mesmo lugar.

– Em letra de forma?

– Sim, senhor, a lápis. Apenas a palavra e nada mais. Eu trouxe alguns para lhe mostrar: SABÃO, FÓSFORO... Este foi o da primeira manhã – "DAILY GAZETTE". Coloco um exemplar desse jornal, todos os dias, junto com o café da manhã.

– Ora essa, Watson – disse Holmes, olhando com grande curiosidade para os pedaços de papel que a Sra. Warren lhe entregara –, isso é realmente incomum. Posso entender privacidade, mas por que letra de forma? É mais difícil escrever assim. Por que não cursiva? O que acha, Watson?

– Ele quer esconder sua caligrafia.

– Mas, por quê? Por que teme que a senhoria tenha uma amostra de sua caligrafia? É claro que pode ser o que você diz. Mas por que essas mensagens lacônicas?

– Não consigo imaginar.

– Isso abre uma agradável possibilidade de especulações inteligentes. As palavras estão escritas com um lápis de ponta grossa, de um tipo incomum de cor, meio violácea. Observe que o papel foi rasgado depois que a palavra foi escrita. Veja que o "S" de "SABÃO" está parcialmente cortado. Não é sugestivo, Watson?

– Sugere cuidado?

– Exatamente. Ali devia ter algum sinal, alguma marca que pudesse servir como pista para identificar a pessoa. Sra. Warren, disse que o homem tem estatura média, barba e é moreno. Qual seria a idade dele?

– É jovem... menos de trinta.

– Pode me dar outros detalhes sobre ele?

– Fala inglês fluentemente, mas acho que é estrangeiro, por causa do sotaque.

– Como se veste?

– Muito bem, como um cavalheiro. Roupas sóbrias, nada que chame a atenção.

– Deu-lhe seu nome?

– Não, senhor.

– Recebeu cartas ou visitas?

– Não.

– Mas a senhora ou a criada entram no quarto pela manhã?

– Não, senhor. Ele mesmo faz a arrumação.

– Ora essa! Isso é realmente estranho. E quanto à bagagem?

– Ele trouxe uma grande mala marrom, e só.

– Bem, não temos muito material para trabalhar. A senhora disse que nada saiu do quarto, absolutamente nada?

Da bolsa, a mulher tirou um envelope, de onde pegou dois fósforos riscados e uma ponta de cigarro.

– Estavam na bandeja esta manhã. Trouxe porque soube que o senhor vê coisas grandes em detalhes pequenos.

Holmes deu de ombros.

— Não há nada aqui — disse. — Os fósforos foram, obviamente, usados para acender cigarros. Isso fica claro pelo pouco de palito que foi queimado. Meio fósforo vai embora quando se acende um charuto ou cachimbo. Mas, ora essa! Esta bituca de cigarro é interessante. A senhora disse que o homem tem barba e bigode?

— Sim, senhor.

— Não faz sentido. Somente um homem sem barba poderia ter fumado este cigarro. Ora, Watson, até seu bigode modesto fica chamuscado quando você fuma.

— Uma piteira? — sugeri.

— Não, não. A bituca está úmida. Suponho que não pode haver duas pessoas morando naquele quarto, Sra. Warren.

— Não senhor. Ele come tão pouco que me pergunto como se mantém em pé.

— Bem, acho que precisamos esperar que apareça mais material. Apesar de tudo, a senhora não tem do que reclamar. Recebeu seu aluguel e ele não é um hóspede problemático, embora seja estranho. Paga-lhe bem, e se prefere viver isolado isso não diz respeito a ninguém. Não temos por que invadir sua privacidade até que encontremos uma boa razão para tanto. Aceitei a investigação e não vou negligenciá-la. Mantenha-me informado se algo de novo acontecer e conte com minha ajuda se for necessário.

— Este caso tem alguns pontos interessantes — disse Holmes, depois que a Sra. Warren saiu. — Pode, é claro, ser trivial, alguma individualidade excêntrica. Mas pode, também, ser algo muito mais profundo do que aparenta. A primeira coisa que me vem à mente é que a pessoa que está agora naquele quarto seja outra que não a que o alugou.

— Por que acha isso?

— Além da bituca de cigarro, não é estranho que a única vez que o inquilino saiu foi logo depois de alugar o quarto? Ele voltou, ou alguém voltou, quando todas as testemunhas estavam deitadas. Não temos prova de que a pessoa que voltou foi a mesma que saiu. E mais: o homem que alugou o quarto falava bem inglês. Este outro, contudo, escreve "fósforo", quando o normal seria "fósforos". Imagino que a palavra tenha sido tirada de um dicionário, onde aparece no singular. O estilo lacônico pode ser para esconder a falta de conhecimento da língua inglesa. Sim, Watson, há boas razões para suspeitarmos que aconteceu uma substituição de inquilinos.

— Com que objetivo?

— Ah! Aí está nosso problema. Existe uma linha óbvia de investigação — ele disse enquanto pegava o grande livro no qual, todos os dias, arquivava as colunas de desaparecidos de vários jornais londrinos. – Bom Deus! – exclamou ao virar as páginas. – Que coro de lamentações, gemidos e choros! Que coleção de acontecimentos estranhos! Mas é, com certeza, um valioso auxiliar para o estudioso do incomum. Esse inquilino da Sra. Warren está sozinho e não deseja receber cartas para não romper seu isolamento. Como fazer para qualquer mensagem ou notícia chegar ao seu conhecimento? Obviamente anunciando no jornal. Não há outro modo e, felizmente, só precisamos procurar num único jornal, o *Daily Gazette*. Aqui estão os recortes dos últimos quinze dias. "Mulher com boá preto no Clube de Patinação Prince", podemos pular este... "Jimmy não quer partir o coração da mãe" é irrelevante. "A mulher que desmaiou no ônibus de Brixton..." não me interessa. "Cada dia que passa meu coração..." quantas lamentações, Watson! Ah, este parece mais adequado: "Tenha paciência. Vamos encontrar uma forma de nos comunicarmos. Enquanto isso, temos esta coluna. G." Foi publicado dois dias depois que o inquilino da Sra. Warren chegou. Parece plausível, não? O hóspede substituto compreende inglês, mesmo que não saiba escrever em nossa língua. Vamos ver se encontramos mais mensagens. Sim, aqui está: "Estou tendo sucesso. Paciência e prudência. As nuvens passarão. G." Nada durante uma semana. Depois vem algo mais claro: "O caminho está ficando livre. Se conseguir, mando mensagem em código. Lembre-se: um A, dois B, e assim por diante. Mando notícias logo. G." Foi no jornal de ontem, e o de hoje não traz nada. Parece se encaixar no problema da Sra. Warren. Se esperarmos um pouco, Watson, logo o caso vai se mostrar mais inteligível.

E assim foi. Pela manhã encontrei meu amigo na sala, de costas para a lareira, com um sorriso de satisfação no rosto.

– Que tal isto, Watson? – ele perguntou, pegando o jornal de sobre a mesa. – "Casa vermelha grande com pedras brancas. Segunda janela da esquerda. Depois de escurecer. G." Isso é bastante definitivo. É melhor fazermos um reconhecimento das vizinhanças da Sra. Warren depois do café. Ah, Sra. Warren! Que notícias nos traz esta manhã?

Nossa cliente havia irrompido na sala com tanto ímpeto que anunciava algum acontecimento espetacular.

– É caso de polícia, Sr. Holmes! – ela exclamou. – Não vou mais tolerar isso! Ele vai ter que fazer as malas. Eu ia falar imediatamente com ele, mas achei que seria mais justo com o senhor pedir sua opinião em primeiro lugar. Mas minha paciência esgotou-se com essa história de baterem no meu marido...

– Bateram no seu marido?

— Agrediram-no, de qualquer modo.
— Mas quem o agrediu?
— Ah! Isso é o que nós queremos saber! Foi esta manhã. O Sr. Warren controla o relógio de ponto na Morton & Waylight, na Av. Tottenham Court, e tem que sair de casa antes das sete. Bem, esta manhã ele não chegou a dar dez passos na rua, quando dois homens vieram por trás dele, jogaram um casaco sobre sua cabeça e enfiaram-no numa carruagem que esperava ao lado. Andaram com ele por uma hora, depois abriram a porta e jogaram-no para fora. O Sr. Warren ficou tão zonzo, caído na rua, que nem olhou para onde foi a carruagem. Quando deu por si, estava em Hampstead Heath. Ali pegou um ônibus e voltou para casa, onde está agora deitado no sofá. E eu vim lhe contar o que aconteceu.

— Muito interessante — disse Holmes. — Ele reparou na aparência desses homens? Ou ouviu-os falando?

— Não, está completamente aturdido. Só sabe que foi erguido e jogado como que por mágica. Eram pelo menos dois os agressores, talvez três.

— E a senhora relaciona esse ataque com seu inquilino?

— Ora, vivemos ali há quinze anos e nunca aconteceu algo assim. Já o aguentei demais. Dinheiro não é tudo. Vou expulsá-lo da minha casa antes do fim do dia.

— Espere um pouco, Sra. Warren. Não se precipite. Começo a achar que esse caso é mais importante do que pareceu a princípio. Agora está claro que seu inquilino corre algum perigo. Também está claro que os inimigos dele esperavam-no perto da porta e pensaram que seu marido era o homem, talvez devido ao nevoeiro matinal. Ao descobrir o erro, soltaram-no. Só podemos imaginar o que eles teriam feito caso não fosse um engano.

— Bem, o que devo fazer então, Sr. Holmes?

— Gostaria muito de dar uma olhada nesse seu inquilino, Sra. Warren.

— Não vejo como, a não ser que arrombe a porta. Sempre ouço quando ele a destranca para pegar as refeições, depois que eu desço a escada.

— Ele tem que pegar a bandeja. Talvez possamos nos esconder para vê-lo quando faz isso.

Ela pensou por um instante.

— Há um quartinho em frente ao quarto dele. Talvez eu possa colocar um espelho, e o senhor estando atrás da porta...

— Excelente! — disse Holmes. — Quando ele almoça?

— À uma.

O Círculo Vermelho

— Então, eu e o Dr. Watson vamos estar lá nesse horário. Até logo, Sra. Warren.

Ao meio-dia e meia estávamos junto à entrada da Sra. Warren — uma casa alta, estreita e de tijolos aparentes na Rua Great Orme, a noroeste do Museu Britânico. Estando situada na esquina, a casa tinha boa vista da Rua Howe, com suas edificações mais refinadas. Rindo, Holmes apontou para um desses prédios, com uma série de apartamentos residenciais.

— Veja, Watson! — disse. — "Casa grande vermelha com pedras brancas." Lá é o local de onde serão feitos os sinais. Já sabemos o lugar e o código. Nossa tarefa será das mais simples. Naquela janela tem uma placa de "Aluga-se". Trata-se, evidentemente, de um apartamento vazio ao qual o cúmplice tem acesso. Bem, Sra. Warren, como estamos?

— Já preparei tudo para o senhor. Vou levá-los até lá, se tirarem os sapatos e vierem comigo.

Ela providenciara um esconderijo excelente. O espelho estava colocado de modo que, sentados no escuro, víamos perfeitamente a porta em frente. Mal havíamos nos arrumado, quando ouvimos a campainha que nosso vizinho misterioso tocava. A Sra. Warren apareceu com a bandeja, que colocou sobre a cadeira ao lado da porta fechada, retirando-se em seguida. Nós observávamos atentamente a porta através do espelho. De repente, quando o som dos passos da Sra. Warren sumiu, ouvimos o estalido da chave, a maçaneta foi virada e duas mãos delicadas saíram e pegaram a bandeja. Logo depois ela foi recolocada, e pude ver um rosto lindo, moreno e assustado olhando para a porta entreaberta da sala em que estávamos. Então a porta foi fechada, a chave trancou-a e tudo ficou em silêncio. Holmes tocou-me no braço e nós dois descemos a escada.

— Voltarei à noite — ele disse para nossa cliente. — Acredito, Watson, que será melhor discutirmos este assunto em casa.

Mais tarde, recostado em sua poltrona, Holmes voltou ao assunto.

— Minha suposição mostrou-se correta — ele disse. — Houve uma substituição de inquilinos. O que eu não previa era que fosse uma mulher, e que mulher, Watson!

— Ela nos viu.

— Talvez tenha visto algo que a assustou. Isso é certo. Os acontecimentos estão bastante claros, ou não? Um casal busca refúgio de perigo iminente e terrível em Londres. O tamanho do perigo é medido pelas precauções que estão tomando. O homem, que tem algum trabalho a fazer, quer deixar a mulher em total segurança. Isso não é algo fácil, mas ele encontra uma forma original e tão eficiente que a própria locadora do quarto não sabe que está hospedando uma mulher. As mensagens em letra de forma eram para evitar que se descobrisse, pela caligrafia, que o hóspede era, na verdade, mulher. O homem não pode aproximar-se da mulher, sob risco de levar seus inimigos até ela. Já que ele não pode comunicar-se com ela diretamente, usa a coluna de desaparecidos do jornal. Até aí está claro.

– Mas qual o motivo disso tudo?

– Ah, esse é o meu Watson, prático como sempre. Qual o motivo disso tudo? O probleminha da Sra. Warren cresce, assumindo uma face mais sinistra. Podemos afirmar que não se trata de algum caso de amor. Você viu como ela reagiu ao menor sinal de perigo. Soubemos, também, do ataque ao Sr. Warren, que era dirigido, sem dúvida, ao inquilino. Esses sinais, mais a necessidade desesperada de privacidade indicam um problema de vida ou morte. O ataque que o locador sofreu mostra que os inimigos não sabem da substituição de inquilino. Trata-se de um caso curioso e complexo, Watson.

– Por que continua nele? O que tem a ganhar com isso?

– O quê, realmente? É pelo amor à arte, Watson. Suponho que, depois que se formou, estudou casos sem se preocupar com o pagamento.

– Quando necessários para o meu aperfeiçoamento, Holmes.

– O aperfeiçoamento nunca termina, Watson. Trata-se de uma série de lições, sendo que a última é sempre a maior. Este é um caso instrutivo. Não receberemos dinheiro nem crédito por ele, mas mesmo assim iremos resolvê-lo. Até o anoitecer teremos dado mais um passo na sua solução.

Quando voltamos para a casa da Sra. Warren, a noite de inverno formara uma espessa cortina cinzenta, uma monotonia de cor, quebrada apenas pelos quadrados amarelos das janelas e pelos halos das lâmpadas a gás. De dentro da sala de estar às escuras, vimos mais uma luz brilhando no alto.

– Alguém está se movendo naquele apartamento – disse Holmes num sussurro, projetando o rosto contra a janela. – Sim, posso ver a sombra. Lá está ele! Tem uma vela na mão e está olhando para fora. Quer ter certeza de que ela o está vendo. Agora começou a mensagem... Anote também, Watson, para conferirmos um com o outro. Um lampejo é "A", com certeza. Agora, quantos foram? Vinte. É "T". Outro "T". Deve ser o início da próxima palavra. Temos também "T E N T A". Ponto-final. Não pode ser isso, pode, Watson? "ATTENTA" não faz sentido. Nem dividindo em três palavras: "AT TEN TA"[5], a menos que T e A sejam as iniciais de alguém. Começou de novo! O

---

[5] AT TEN TA seria, em inglês = Às dez, TA.

O Círculo Vermelho

quê? "ATTE" – ora, é a mesma mensagem. Estranho, Watson, muito estranho! Outra vez: AT... repetindo pela terceira vez. "ATTENTA" três vezes! Quantas vezes vai repetir isso? Parece que agora terminou. Agora saiu da janela. O que acha disso, Watson?

– Uma mensagem cifrada, Holmes.

Meu amigo, afinal, entendeu a mensagem e riu.

– Um código não muito obscuro, Watson – ele disse. – Ora, é claro: a mensagem está em italiano. Cuidado! Cuidado! Cuidado! Que lhe parece?

– Acho que você acertou.

– Sem dúvida. Trata-se de uma mensagem urgente, repetida três vezes para ser mais enfática. Mas cuidado com o quê? Espere um pouco! Ele está voltando à janela.

Novamente vimos a silhueta do homem e a chama diminuta contra a janela enquanto os sinais eram enviados mais uma vez, e tão rapidamente que quase não conseguíamos acompanhá-los.

– "PERICOLO", "pericolo"... que tal, Watson? Perigo, não é? Claro, é um alerta de perigo. Lá vai ele outra vez! "PERI"... Opa! O que aconteceu...

A luz sumira repentinamente, a janela escurecera e todo o terceiro andar daquele prédio estava no escuro. O último aviso de perigo fora interrompido. Como e por quem? O mesmo pensamento ocorreu a nós dois. Holmes levantou-se de onde estava agachado, junto à janela.

– Isso é sério, Watson – exclamou. – Algo de ruim está acontecendo ali! Por que a mensagem seria interrompida dessa forma? Eu deveria avisar a Scotland Yard, mas não temos tempo.

– Quer que eu vá avisar a polícia?

– Precisamos definir melhor a situação. Talvez tenha um significado mais inocente. Venha, Watson. Vamos ver o que está acontecendo.

Enquanto descíamos rapidamente a Rua Howe, olhei para a casa de onde acabávamos de sair. Lá, desenhada contra a janela superior, pude ver a cabeça de uma mulher, tensa, olhando ansiosa para a noite, esperando, com a respiração suspensa, a continuação da mensagem interrompida. Na entrada do edifício da Rua Howe, apoiado na grade, havia um homem, escondido por um grande casaco e um cachecol. Ele se mexeu quando nossos rostos entraram no círculo da iluminação pública.

– Holmes! – ele exclamou.

– Ora, Gregson! – disse meu amigo ao apertar a mão do detetive da Scotland Yard. – "A história termina quando os namorados se encontram!" O que o traz aqui?

– Imagino que o mesmo que você – disse Gregson. – Como você está sabendo do caso é algo que nem imagino.

– Fios diferentes conduzindo à mesma meada. Estive interceptando os sinais.
– Sinais?
– Sim, daquela janela. Foram interrompidos no meio da mensagem. Viemos apurar o motivo. Mas, já que está nas suas mãos, não vejo por que me meter.
– Espere um pouco! – exclamou Gregson. – Tenho que ser justo, Holmes. Sempre me sinto mais seguro quando você está ao meu lado num caso. Este prédio só tem uma saída, de modo que ele está cercado.
– Quem é ele?
– Ora, ora. Parece que estamos na sua frente desta vez, Holmes.
Gregson bateu sua bengala com força no chão, o que fez um cocheiro aparecer, de chicote em punho.
– Posso apresentá-lo ao Sr. Sherlock Holmes? – disse Gregson ao cocheiro. – Este é o Sr. Leverton, da Pinkerton, agência americana de investigações.
– O herói do mistério da caverna de Long Island? – perguntou Holmes. – Ora, muito prazer em conhecê-lo.
O americano, um jovem discreto, corou ante o elogio.
– Estou na maior investigação da minha vida, Sr. Holmes – ele disse. – Se eu pegar Gorgiano...
– Quê! Gorgiano do Círculo Vermelho?
– Ah, ele já tem fama na Europa? Bem, sabemos tudo a respeito dele na América. *Sabemos* que é o responsável por cinquenta assassinatos, e ainda assim não temos como prendê-lo. Estou seguindo-o desde Nova York, e faz uma semana que estou em seus calcanhares, só esperando uma oportunidade para agarrá-lo pelo pescoço. O Sr. Gregson e eu o acompanhamos até este prédio, de onde ele não pode fugir, pois só tem uma porta. Já saíram três pessoas daí, mas posso jurar que nenhuma delas era Gorgiano.
– Holmes estava falando de sinais – disse Gregson. – Imagino que, como sempre, ele sabe muito mais do que nós.
Em poucas palavras, Holmes explicou o que sabíamos. O americano, envergonhado, bateu as duas mãos.
– Ele nos tapeou!
– Por que acha isso?
– Parece que foi assim, não acha? Ele estava lá, enviando mensagens para um cúmplice. Gorgiano tem diversos, em Londres. Então, de repente, quando se dá conta de um perigo, interrompe a mensagem. O que pode significar, senão que nos viu na rua ou que compreendeu o quão perto estava o perigo e que portanto devia agir sem demora para evitá-lo? O que sugere, Sr. Holmes?

O Círculo Vermelho

– Que subamos lá e vejamos o que aconteceu.
– Mas não temos um mandado.
– Ele está em atitude suspeita num imóvel que deveria estar desocupado – disse Gregson. – Isso nos basta, no momento. Depois que o pegarmos, podemos ver se Nova York não nos ajuda a mantê-lo preso. Assumo a responsabilidade por sua prisão.

Nossos policiais podem não exceder em inteligência, mas nunca lhes falta coragem. Gregson subiu a escada para prender aquele assassino desesperado com a mesma calma com que subia, todos os dias, a escada da Scotland Yard. O agente da Pinkerton tentou passar à frente, mas Gregson manteve-se na dianteira. Os perigos de Londres eram privilégios da polícia londrina.

A porta do apartamento à esquerda estava entreaberta. Gregson abriu-a totalmente. Dentro só havia silêncio e escuridão. Com um fósforo, acendi a lanterna do policial. Assim que a chama se estabilizou, todos levamos um susto. Sobre as tábuas do chão nu, havia um rastro de sangue fresco. As pegadas vermelhas vinham na nossa direção a partir de uma sala cuja porta estava fechada. Gregson abriu-a e ergueu sua lanterna. Todos olhamos por cima de seu ombro.

No chão, no meio do quarto, jazia um homem enorme, cujo rosto moreno mostrava-se horrivelmente contorcido, enquanto sua cabeça nadava numa piscina de sangue. Os joelhos estavam dobrados, as mãos retorcidas e, do meio do grande pescoço, projetava-se o cabo branco de uma faca que lhe fora enfiada na garganta. Gigantesco, aquele homem deve ter caído como um boi no matadouro, quando recebeu o golpe fatal. Ao lado de sua mão direita jazia uma luva de pelica preta e uma adaga formidável, de dois gumes e cabo de chifre.

– Santo Deus! É Gorgiano, o Negro, em pessoa! – exclamou o detetive americano. – Alguém chegou antes de nós.

– Aqui está a vela, Holmes – disse Gregson. – Ora, o que está fazendo?

Holmes acendeu a vela e começou a movimentá-la para a frente e para trás na frente da janela. Depois olhou para fora, apagou a vela e deixou-a no chão.

– Acho que isso pode ajudar – disse. Depois se aproximou e ficou absorto em suas reflexões, enquanto os outros dois detetives examinavam o corpo. – Essas três pessoas que saíram do prédio enquanto vocês estavam vigiando – ele disse, afinal –, conseguiram vê-las de perto?

– Eu vi – disse o americano.

– Entre elas havia um sujeito com cerca de trinta anos, barba preta e estatura média?

— Sim, foi o último a sair.

— Esse é o homem. Posso arrumar-lhe a descrição e temos uma ótima impressão de sua pegada. Deve ser suficiente para pegá-lo.

— Nem tanto, Sr. Holmes, entre os milhões de habitantes de Londres.

— Talvez não. Por isso achei melhor chamar esta senhora para nos ajudar.

Todos nos viramos para onde Holmes apontou. Lá, emoldurada pelo batente da porta, estava uma mulher linda e alta — a misteriosa inquilina de Bloomsbury. Ela aproximou-se lentamente, o rosto pálido e abatido mostrando apreensão, os olhos aterrorizados fixos na figura estendida sobre o chão.

— Vocês o mataram! — ela murmurou. — Oh, *Dio mio*, vocês o mataram!

Ela então suspirou e deu um pulo de alegria. Em seguida, saiu dançando pela sala, batendo palmas, com os olhos brilhando de satisfação e soltando milhares de exclamações em italiano. Era surpreendente ver uma mulher tão feliz ao ver um cadáver. De repente ela parou e olhou para nós.

— Mas vocês! Vocês são da polícia, certo? E mataram Giuseppe Gorgiano. Não é isso?

— Somos da polícia, madame — disse Gregson.

Ela olhou em redor, averiguando as sombras da sala.

— Mas, então, onde está Gennaro? — perguntou. — Ele é meu marido, Gennaro Lucca. Meu nome é Emilia Lucca e somos de Nova York. Onde está Gennaro? Ele me chamou agora há pouco, pela janela, e vim correndo.

— Fui eu que a chamei — disse Holmes.

— O senhor! Como conseguiu?

— Seu código não era muito difícil, e sua presença aqui é necessária. Eu sabia que era só sinalizar *"Vieni"* que a senhora viria.

A bela italiana olhou espantada para meu amigo.

— Não compreendo como sabe dessas coisas — disse. — Giuseppe Gorgiano... como ele... — Ela parou e seu rosto iluminou-se de orgulho e prazer. — Agora entendo. Foi meu Gennaro! Meu esplêndido e lindo Gennaro, que me protegeu de tudo, foi ele que matou o monstro! Oh, Gennaro, como você é maravilhoso. Que mulher merece esse homem?

— Bem, Sra. Lucca — disse Gregson, pegando-a pelo braço do mesmo modo que pegaria um bandido qualquer —, ainda não compreendi claramente quem a senhora é ou deixa de ser, mas o que falou torna evidente que a queremos na Scotland Yard.

— Um momento, Gregson — disse Holmes. — Imagino que esta senhora esteja tão ansiosa para nos dar informações como nós esta-

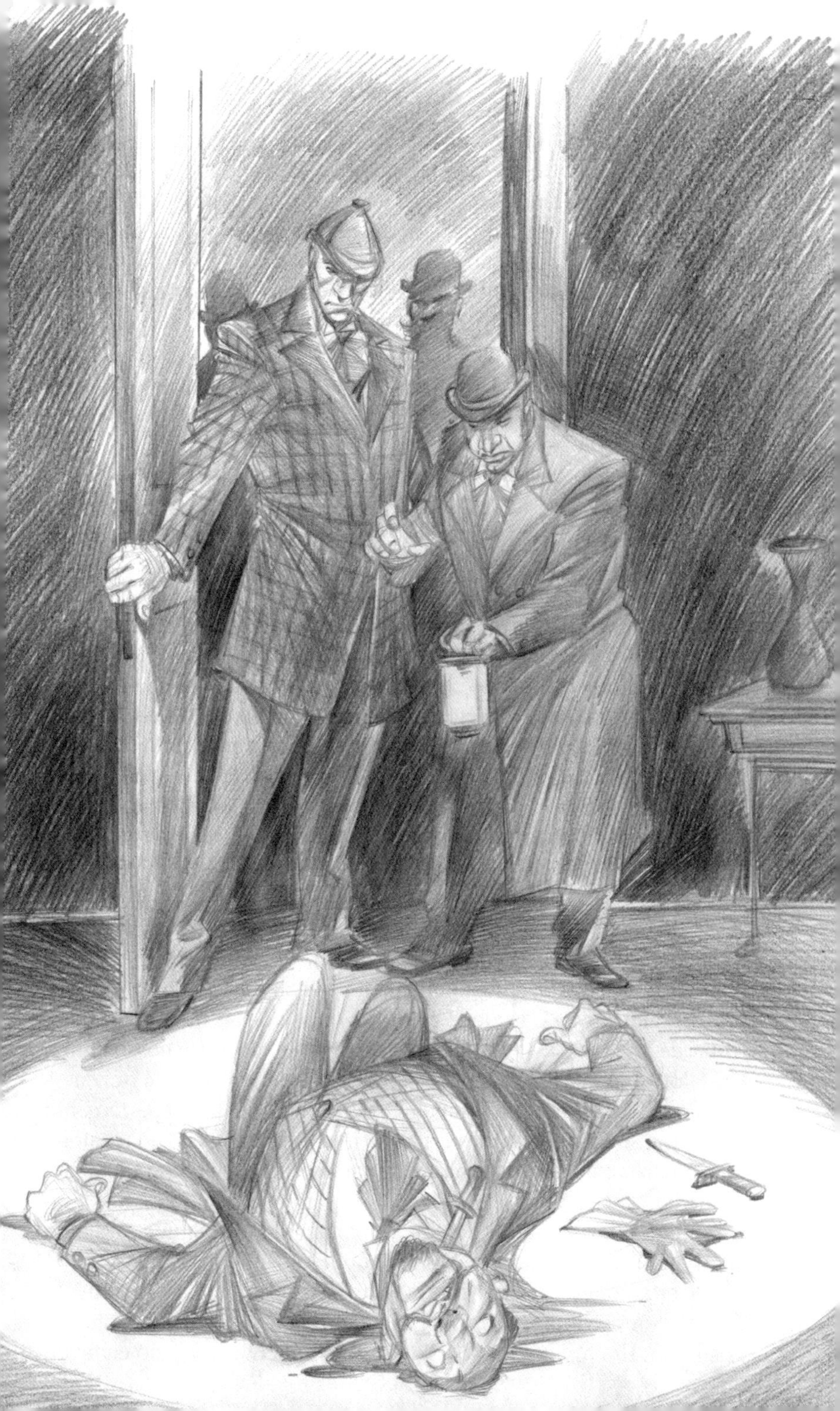

mos para ouvi-las. A senhora compreende que seu marido será preso e julgado pela morte desse homem que está no chão? O que disser poderá ser usado como prova. Mas se pensa que ele agiu motivado por razões que não sejam criminosas, as quais deseja que nós saibamos, então o melhor a fazer é nos contar toda a história.

– Agora que Gorgiano está morto, não temos medo de mais nada – ela disse. – Ele era um demônio, um monstro, e não pode haver juiz no mundo que vá punir meu marido por tê-lo matado.

– Nesse caso – disse Holmes –, minha sugestão é que deixemos as coisas como estão, tranquemos a porta e acompanhemos esta senhora até seus aposentos. Depois de ouvirmos o que ela tem a dizer, vamos poder formar uma opinião.

Meia hora depois, estávamos os quatro sentados na pequena sala de estar da *signora* Lucca, ouvindo uma extraordinária narrativa sobre fatos sinistros cujo desenlace testemunhamos. Ela falava um inglês rápido e fluente, embora pouco convencional. Para efeito de clareza, reproduzo seu depoimento com nova redação.

– Nasci em Posilippo, perto de Nápoles – ela começou. – Sou filha de Augusto Barelli, principal advogado daquela região, que ele já representou como deputado. Gennaro era um empregado de papai, por quem me apaixonei. Ele não tinha fortuna nem títulos, nada, a não ser sua beleza, energia e força. Por isso meu pai proibiu o casamento. Fugimos juntos, casamos em Bari e eu vendi minhas joias para conseguir o dinheiro que nos levaria para a América. Isso foi há quatro anos. Desde então temos vivido em Nova York.

"A sorte nos favoreceu, a princípio. Gennaro ajudou um cavalheiro italiano – salvou-o de uns bandidos num lugar chamado Bowery – e conseguiu, assim, um amigo poderoso. Seu nome é Tito Castalotte, sócio da grande firma Castalotte e Zamba, os principais importadores de frutas de Nova York. O Sr. Zamba estava muito doente e nosso amigo Castalotte era quem mandava na empresa, que tem mais de trezentos empregados. Ele contratou meu marido como chefe de departamento e mostrou sua gratidão de todas as formas possíveis. O Sr. Castalotte era solteiro, e acho que tinha meu marido como filho. Nós também gostávamos dele como se fosse nosso pai. Alugamos uma casa no Brooklyn, e nosso futuro parecia feliz, quando aquela nuvem negra apareceu ocupando todo o nosso céu.

"Certa noite, ao voltar do trabalho, Gennaro veio acompanhado de um compatriota. Seu nome era Gorgiano, e também vinha de Posilippo. Era um homem enorme, como puderam ver pelo cadáver.

Não apenas seu corpo era gigantesco; tudo nele era desproporcional, grotesco, assustador. Sua voz parecia um trovão em nossa casinha. Havia pouco espaço para a movimentação de seus braços quando ele falava. Seus pensamentos, emoções... tudo era exagerado e monstruoso. Ele falava, ou melhor, rugia com tanta força que os outros só podiam ficar escutando, amedrontados com aquele fluxo violento de palavras. Os olhos de Gorgiano chispavam e você se sentia à sua mercê. Era um homem espantoso e terrível. Agradeço a Deus que esteja morto!

"Ele estava sempre lá em casa. Mas eu sabia que Gennaro também não gostava de sua companhia. Meu pobre marido ficava sentado, pálido e desanimado, ouvindo seus intermináveis discursos sobre política e questões sociais. Gennaro nada dizia, mas eu, que o conhecia tão bem, comecei a reparar em seu rosto uma emoção que nunca vira em meu marido. A princípio pensei que fosse antipatia. Depois, aos poucos, percebi que era mais que isso. Era medo, um medo profundo e paralisante. Naquela noite em que notei seu terror, abracei-o e implorei para que me contasse, pelo amor que tinha por mim e por tudo que lhe era sagrado, por que aquele gigante o amedrontava.

"Ele me contou, e meu coração foi ficando pesado como chumbo enquanto eu ouvia. Meu pobre Gennaro, nos seus dias impetuosos de rapaz, quando todo o mundo parecia contra ele e só conseguia pensar nas injustiças da vida, ingressou numa sociedade napolitana, o Círculo Vermelho, que era ligada aos antigos Carbonari[6]. Os juramentos e segredos dessa irmandade eram assustadores, mas, uma vez membro, não se podia escapar. Ao fugirmos para a América, Gennaro pensou que estava livre para sempre. Qual não foi seu susto ao encontrar na rua, em Nova York, o mesmo homem que o iniciara em Nápoles: o gigante Gorgiano, que recebera o apelido de "Morte", no sul da Itália, pois nadava no sangue de muitos assassinatos. Ele fora para Nova York fugindo da polícia italiana e já montara um braço da sociedade. Gennaro contou-me tudo isso e mostrou-me uma convocação que recebera naquele mesmo dia, com um círculo vermelho desenhado no cabeçalho, dizendo que haveria uma assembleia para a qual sua presença era requerida e exigida.

"Aquilo já era muito ruim, mas o pior estava por vir. Eu já tinha reparado, havia algum tempo, que, quando Gorgiano vinha nos ver, o que fazia com frequência, falava muito comigo. Mesmo quando seu assunto era com meu marido, ele não tirava aqueles olhos terríveis

---

[6]Carbonari = grupo revolucionário italiano formado em 1811 para unificar a Itália e proclamar uma república.

de besta de cima de mim. Certa noite ele revelou seu segredo. Disse que eu despertara nele o que chamou de "amor" – amor de selvagem, bruto. Gennaro ainda não tinha voltado. Forçou sua entrada na casa, agarrou-me com seu abraço de urso e cobriu-me de beijos, implorando para eu ir embora com ele. Eu estava lutando e gritando, quando Gennaro entrou e o atacou. Gorgiano bateu em meu marido, deixando-o desacordado, e foi embora daquela casa onde nunca mais entraria. Fizemos um inimigo mortal naquela noite.

"Alguns dias depois aconteceu a tal assembleia. Gennaro voltou com uma cara que me dizia que algo de terrível acontecera. Era pior do que podíamos ter imaginado. O dinheiro da sociedade era conseguido chantageando-se italianos ricos, ameaçando-os com violência caso não pagassem. Parece que Castalotte, nosso querido amigo e benfeitor, recusara-se a pagar. Ele não se dobrara às ameaças e entregara o caso à polícia. A assembleia resolveu que ele deveria servir de exemplo, para que outras vítimas, no futuro, não se rebelassem. Na reunião foi decidido que ele e sua casa seriam explodidos com dinamite. Houve um sorteio para escolher quem seria o agente da morte. Quando enfiou sua mão no saco, Gennaro viu o rosto sorridente de nosso inimigo. Sem dúvida aquele sorteio fora fraudado de alguma forma, pois meu marido tirou o disco com o Círculo Vermelho, a ordem de assassinato. Ele deveria matar seu melhor amigo ou expor-se à vingança de seus camaradas. Fazia parte do sistema diabólico daquela sociedade punir as pessoas que odiavam ou temiam atingindo também seus entes queridos. Consciente disso, Gennaro quase enlouqueceu de apreensão por mim e por seus amigos.

"Passamos a noite toda abraçados, um dando força ao outro pelos problemas que tínhamos pela frente. A noite seguinte tinha sido marcada para o atentado. Ao meio-dia, eu e meu marido estávamos a caminho de Londres, não sem antes avisar nosso benfeitor do perigo que corria e enviar informações à polícia.

"O restante, cavalheiros, os senhores já sabem. Sabíamos que nossos inimigos iriam atrás de nós como nossas sombras. Gorgiano tinha seus motivos particulares para se vingar, e sabíamos que ele era violento, astucioso e incansável. A Itália e a América estão repletas de histórias de seus terríveis poderes, que, aqui em Londres, estavam no nível máximo. Meu marido aproveitou os dias de vantagem que tínhamos para me arrumar um abrigo no qual eu não corresse perigo. Quanto a ele, queria ter liberdade de movimentos para comunicar-se tanto com a polícia italiana como com a americana. Eu mesma não sei onde ele tem morado e o que tem feito. Tudo o que eu ficava sabendo era por meio das colunas de um jornal. Mas uma vez, olhando pela janela, vi dois italianos observando esta casa, e percebi que Gorgiano descobrira nosso esconderijo. Finalmente Gennaro me avisou, pelo jornal, que me faria sinais através da janela. Mas, quando os sinais vieram, traziam somente alertas, que foram interrompidos repentinamente. Ficou claro para mim que Gorgiano estava por perto e, graças a Deus, meu marido estava pronto para enfrentá-lo. Agora, cavalheiros, pergunto-lhes se temos algo que temer da Justiça, ou se algum juiz neste mundo condenaria meu Gennaro pelo que fez?

– Bem, Sr. Gregson – disse o detetive americano olhando para o policial –, não sei o que vocês ingleses vão fazer, mas acho que em Nova York o marido dessa senhora irá receber uma condecoração.

– Ela terá que vir comigo para falar com o chefe – respondeu Gregson. – Acho que, se o que diz for comprovado, nem ela nem o marido terão o que temer. Mas não consigo entender, Holmes, como foi que *você* se meteu nessa história.

– Treinamento, Gregson, treinamento. Ainda busco conhecimento na velha escola da vida. Bem, Watson, você conseguiu mais uma amostra do trágico e grotesco para sua coleção. A propósito, ainda não são oito horas e há um concerto de Wagner em Covent Garden! Se corrermos, ainda pegamos o segundo ato.

O Desaparecimento de
Lady Frances Carfax

– Mas por que turco? – perguntou Sherlock Holmes olhando fixamente para meus sapatos. Eu estava reclinado numa poltrona de vime, e meus pés para cima chamaram sua sempre alerta atenção.

– É inglês! – respondi, surpreso. – Comprei este par de sapatos no Latimer, da Rua Oxford.

Holmes sorriu com certa impaciência.

– O banho! – disse. – O banho! Por que o relaxante e dispendioso banho turco em vez do revigorante artigo caseiro?

– Porque tenho me sentido velho e reumático. Um banho turco é o que na medicina chamamos de "alterante", que restaura as funções sadias do corpo. A propósito, Holmes – acrescentei –, sem dúvida que a relação entre meus sapatos e um banho turco é perfeitamente evidente para um cérebro lógico, mas agradeceria se você pudesse me explicar.

– O raciocínio não é muito obscuro, Watson – disse Holmes, com uma piscada marota. – Ele pertence à mesma classe de dedução elementar que eu ilustraria perguntando com quem você dividiu o cabriolé esta manhã.

– Não aceito que um novo exemplo sirva de explicação – eu disse, com certa aspereza.

– Bravo, Watson! Protesto muito digno e lógico. Deixe-me ver, quais eram os problemas? Vamos começar pelo último, o cabriolé. Repare que a manga esquerda e o ombro do seu casaco apresentam respingos. Se você tivesse se sentado no meio do veículo, isso não teria acontecido, ou então os respingos seriam simétricos. Portanto, está claro que você se sentou do lado esquerdo. Portanto, está igualmente claro que você estava acompanhado.

– É evidente.

– Absurdamente simples, não é?
– Mas e a relação entre sapato e banho?
– Igualmente infantil. Você tem o hábito de amarrar seus sapatos de certa maneira. Vejo que agora estão amarrados com o elaborado laço duplo, que não é seu costume. Portanto, alguém amarrou para você. Quem teria sido? O engraxate ou o garoto da casa de banhos? É improvável que tenha sido o engraxate, pois o sapato é praticamente novo. O que resta? O banho. Absurdo, não é? Mas o banho turco serviu para algo.
– O quê?
– Você disse que precisava restaurar sua saúde. Deixe-me sugerir outra terapia. Que tal Lausanne, na Suíça. Passagens de primeira classe e todas as despesas pagas, em nível principesco. Que tal?
– Maravilhoso! Mas por quê?

Holmes recostou-se na poltrona e pegou seu cademo.

– Um dos tipos mais perigosos do mundo – disse ele – é a mulher nômade e sem amigos. Ela em si é inofensiva e geralmente a mais útil das mortais, mas inevitavelmente incita o crime nos outros. É indefesa e migratória. Dispõe de meios suficientes para viajar de país em país e de hotel em hotel. Frequentemente perde-se num labirinto de estalagens e pensões. É uma ave desgarrada num mundo de raposas. Quando é devorada, raramente alguém se dá conta. Receio que o pior tenha acontecido a *Lady* Frances Carfax.

Fiquei aliviado com a mudança do geral para o particular. Holmes consultou suas anotações.

– *Lady* Frances – ele continuou – é a última descendente direta do Conde de Rufton. Como você talvez saiba, as propriedades ficaram com os homens da família. Ela ficou com posses limitadas, que incluíam, contudo, extraordinárias joias espanholas de prata e diamantes de lapidação curiosa, dos quais ela gosta muito; demais até, pois recusa-se a deixá-los em bancos, preferindo carregá-los consigo por todo lado. *Lady* Frances, entrando na meia-idade, linda, uma figura patética... a remanescente de uma linhagem que há apenas vinte anos era muito refinada.

– O que aconteceu com ela?

– Ah, o que aconteceu com *Lady* Frances? Está viva ou morta? Esse é o nosso problema. Ela é uma mulher muito metódica, que cultivou o hábito, ao longo dos últimos quatro anos, de escrever uma carta, a cada quinze dias, para a Srta. Dobney, sua antiga governanta, que há muito se aposentou e vive em Camberwell. Foi a Srta. Dobney que solicitou minha ajuda. Quase cinco semanas se passaram sem que ela recebesse notícias de *Lady* Frances. A última carta que recebeu foi enviada do hotel Nacional, em Lausanne. Parece que *Lady* Frances saiu de lá sem dizer para onde ia. A família está assustada e, como é extremamente rica, não economizará para esclarecer o que aconteceu.

– A Srta. Dobney é a única fonte de informação? *Lady* Frances não tinha outros correspondentes?

– Existe outro correspondente, é claro. O banco. Moças solteiras precisam viver, e seus talões de cheques equivalem a diários resumidos. Ela tem uma conta no Silvester, a qual investiguei. O penúltimo cheque emitido foi para pagar a conta do hotel em Lausanne. Mas foi um cheque vultoso, do qual provavelmente lhe voltaram dinheiro. Depois disso, somente um cheque foi emitido.

– Para quem e onde?

– Para a Srta. Marie Devine. Não há nada que indique onde o cheque foi emitido. Ele foi sacado no Crédit Lyonnais, em Montpelier, há menos de três semanas. O valor era de cinquenta libras.

– E quem é Marie Devine?

– Também consegui descobrir isso. A Srta. Marie Devine foi empregada de *Lady* Frances Carfax. Ainda não sabemos por que ela teria dado esse cheque à moça. Tenho certeza, por outro lado, de que sua investigação vai esclarecer tudo isso.

– *Minha* investigação!

– Daí a expedição revigorante a Lausanne. Você sabe que eu não posso sair de Londres enquanto o velho Abrahams teme por sua vida. Além disso, de modo geral, é melhor que eu nunca saia do país. A Scotland Yard sente-se solitária, e as classes criminosas ficam desagradavelmente agitadas. Vá, então, meu caro Watson, e, se meus humildes conselhos valem a extravagante quantia de dois pence a palavra, estarei à sua disposição, dia e noite, por intermédio do telégrafo.

Dois dias depois eu estava no hotel Nacional, em Lausanne, onde fui muito bem atendido pelo Sr. Moser, o gerente. *Lady* Frances, como ele me informou, ficou hospedada no hotel por várias semanas. Todos que a conheciam gostavam dela. Tinha pouco mais de quarenta anos e continuava atraente, dando a impressão de ter sido uma jovem belíssima. O Sr. Moser nada sabia de suas joias valiosas, mas os empregados disseram-lhe que havia um baú pesado, no quarto, que estava sempre trancado. Marie Devine, a empregada, era tão popular quanto a patroa. Ela ficara noiva de um dos garçons do hotel e não haveria dificuldade em conseguir seu endereço. Era Rua de Trajan, 11, Montpelier. Anotei tudo isso e senti que nem o próprio Holmes teria sido mais eficiente para reunir essas informações.

Somente um fato permanecia obscuro. Não consegui esclarecer por que *Lady* Frances partira repentinamente. Ela estava feliz em Lausanne, e acreditava-se que permaneceria a temporada toda em sua luxuosa suíte com vista para o lago. Ainda assim, ela partira de um dia para o outro, o que a fez pagar por uma semana de hospedagem que não usou. Somente Jules Vibart, noivo da empregada, tinha uma sugestão para dar. Ele relacionou a repentina partida de *Lady* Frances à visita ao hotel, um dia antes, de um homem alto, moreno e barbado.

– *Un sauvage... un véritable sauvage!*[7] – exclamou Jules Vibart.

Esse homem estava hospedado na cidade. Ele havia conversado com *Lady* Frances no passeio junto ao lago. Depois a visitou no hotel, mas ela se recusou a recebê-lo. O homem era inglês, mas não se sabia seu nome. Ela foi embora logo depois disso. Jules Vibart e, o que era mais importante, sua namorada acreditavam que essa visita e a partida subsequente eram causa e efeito. Jules só não quis conversar a respeito de uma coisa: a razão pela qual Marie deixara a patroa. Sobre isso ele não podia, ou não queria, falar nada. Se eu quisesse saber, deveria ir até Montpelier e perguntar para Marie Devine.

Assim terminou o primeiro capítulo de minha investigação. O segundo foi dedicado ao lugar para onde *Lady* Frances Carfax foi quando saiu de Lausanne. Havia certo segredo quanto a isso, o que reforçava a ideia de ela estar querendo despistar alguém. Caso contrário, por que ela não teria despachado sua bagagem declaradamente para Baden? Por que ela e suas malas chegaram àquele balneário no Reno por uma rota tortuosa? Descobri tudo isso por intermédio do gerente da agência de turismo Cook. Assim, fui para Baden, depois de enviar a Holmes um telegrama relatando meus procedimentos, do qual recebi uma resposta parcialmente irônica de meu amigo.

Em Baden não foi difícil seguir a pista. *Lady* Frances hospedou-se no Englischer Hof durante duas semanas. Durante esse período, fez amizade com o Dr. Shlessinger e sua mulher, missionários da América do Sul. Como muitas mulheres solitárias, *Lady* Frances encontrava conforto e distração na religião. A notável personalidade do Dr. Shlessinger, sua devoção apaixonada e o fato de estar se recuperando de uma doença contraída no exercício de seu dever apostólico emocionaram-na profundamente. *Lady* Frances ajudou a Sra. Shlessinger a tratar do convalescente. Ele passava seus dias, como o gerente me descreveu, recostado numa espreguiçadeira na varanda, ladeado pelas duas mulheres. Ele preparava um mapa da Terra Santa, com referência especial ao reino dos medianistas, sobre o que escrevia

---
[7] Um selvagem... um verdadeiro selvagem!

uma monografia. Finalmente, ao melhorar de saúde, ele e a mulher foram para Londres, acompanhados por *Lady* Frances. Isso acontecera havia três semanas, e o gerente não tivera mais notícias deles desde então. Quanto à empregada, Marie, partira alguns dias antes, em meio a rios de lágrimas, avisando às outras empregadas que estava indo embora para sempre. O Dr. Shlessinger pagara a conta de todos antes de sair.

– A propósito – disse o gerente, para concluir –, o senhor não é o único amigo de *Lady* Frances Carfax que está procurando por ela. Há uma semana um homem esteve aqui fazendo perguntas.

– Ele disse o nome? – perguntei.

– Não, mas era inglês, embora de tipo incomum.

– Um selvagem? – perguntei, ligando os fatos à moda de meu amigo ilustre.

– Exatamente. Isso o descreve muito bem. Ele é corpulento, barbado e bronzeado, e pareceria mais à vontade numa estalagem rural do que num hotel de luxo. Pareceu-me um homem rude e violento, que eu não gostaria de ofender.

O mistério começava a se definir; os personagens tornavam-se mais claros à medida que a névoa se levantava. Havia aquela senhora, boa e piedosa, perseguida por uma figura sinistra e incansável. Ela o temia, ou não teria fugido de Lausanne. Ele continuava a segui-la, contudo. Cedo ou tarde a alcançaria. Será que já tinha conseguido? Qual era o segredo que a mantinha em silêncio? Será que aquele casal gentil que a acompanhava não poderia protegê-la da chantagem e violência do selvagem? Que propósitos horríveis, que desígnios nojentos estavam por trás daquela longa perseguição? Esse era o problema que eu tinha de resolver.

Escrevi a Holmes mostrando como eu chegara, rápida e eficientemente, à raiz do problema. Em resposta, recebi um telegrama pedindo uma descrição da orelha esquerda do Dr. Shlessinger. A ideia que Holmes tem de humor é estranha e, às vezes, ofensiva, de modo que ignorei a brincadeira inoportuna – na verdade, eu já chegara a Montpelier à procura de Marie, a empregada, quando recebi a mensagem dele.

Não tive dificuldades para encontrar a moça e saber tudo o que ela tinha para me falar. Era muito fiel a *Lady* Frances e só deixara a ex-patroa porque tinha a certeza de que ela estava em boas mãos e de que seu próprio casamento tornaria a separação inevitável. A patroa mostrara, como acabou confessando, certa irritação contra ela durante a estadia em Baden, chegando até a questionar sua honestidade. Isso tornou a separação mais fácil. *Lady* Frances deu-lhe cinquenta libras como presente de casamento. Da mesma forma que eu, Marie via com muita desconfiança aquele estranho que fizera sua patroa fugir de Lausanne. Ela mesma vira quando o homem agarrara *Lady* Frances pelo braço, numa demonstração de violência, no passeio público junto ao lago. Aquele era um homem violento e assustador. Marie acreditava que *Lady* Frances aceitara a companhia dos Shlessingers até Londres por medo dele. A patroa nunca comentara a respeito com Marie, mas esta acreditava, por diversos pequenos sinais, que a outra vivia em constante apreensão. Ela estava nesse ponto de sua narrativa quando, de repente, deu um pulo da cadeira e seu rosto contorceu-se de surpresa e medo.

– Olhe! – ela exclamou. – O canalha está me seguindo! Aquele é o homem de quem eu estava falando!

Através da janela aberta, vi um homem enorme, moreno, com a barba negra eriçada, andando pelo meio da rua e olhando os números das casas. Obviamente, ele estava, como eu, no rastro da empregada. Agindo por impulso, saí da casa e abordei-o.

– O senhor é inglês? – perguntei.

– E se for? – ele devolveu, fazendo uma careta debochada.

– Posso saber seu nome?

– Não, não pode – ele respondeu com firmeza.

A situação era complicada, mas uma abordagem direta é sempre melhor.

– Onde está *Lady* Frances Carfax? – perguntei.

Ele encarou-me, aturdido.

– O que fez com ela? Por que a está perseguindo? Insisto que me responda! – exclamei.

O sujeito soltou um grito de raiva e pulou sobre mim como um tigre. Já me saí bem em diversas lutas, mas aquele homem tinha um punho de ferro e a fúria de um demônio. Apertou minha garganta de um modo que eu já estava quase perdendo os sentidos quando um operário francês, usando uma camisa azul, saiu em disparada do boteco em frente e desferiu violenta cacetada no antebraço do meu agressor, o que o fez me soltar. Ele ficou, por um instante, bufando de tanta raiva e pensando se deveria atacar novamente. Então, rugindo, virou-se e entrou na casa de onde eu acabara de sair. Voltei-me para meu salvador, que ficara ali, no meio da rua.

– Bem, Watson – ele disse –, que trapalhada você fez! Acho melhor voltar comigo para Londres no expresso noturno.

Uma hora depois, Sherlock Holmes, em seus trajes habituais, estava comigo no hotel. A explicação para ter surgido tão repentina e oportunamente era bastante simples. Ele percebeu que poderia afastar-se de

Londres e decidiu encontrar-me na minha próxima parada. Disfarçado de operário francês, ficou esperando por mim naquele boteco.
 – Fez uma investigação muito consistente, meu caro Watson – ele disse. – Você cometeu todas as asneiras possíveis. O efeito de seus procedimentos foi alarmar todo o mundo e não descobrir nada.
 – Talvez você também não conseguisse coisa muito melhor – respondi, contrariado.
 – Não há "talvez". Eu *já consegui* resultados melhores.
 O mensageiro do hotel trouxe-nos um cartão de visitas na salva.
 – O cartão é do honorável Philip Green, seu companheiro no hotel, que pode ser o ponto de partida para uma investigação mais bem-sucedida.
 Em seguida, entrou no quarto o mesmo rufião que me atacara na rua. Ele se assustou ao me ver.
 – O que é isto, Sr. Holmes? – perguntou. – Recebi sua mensagem e vim, mas o que este homem tem a ver com a história?
 – Este é meu velho amigo e sócio, Dr. Watson, que está nos ajudando neste caso.
 O estranho estendeu a mãozorra bronzeada, juntamente com algumas palavras de desculpas.
 – Espero não tê-lo machucado. Quando o senhor me acusou de machucá-la, perdi o controle. Ando fora de mim, ultimamente. Meus nervos parecem fios em constante curto-circuito. O que desejo saber, em primeiro lugar, Sr. Holmes, é como ficou sabendo da minha existência.
 – Estou em contato com a Srta. Dobney, governanta de *Lady* Frances.
 – A velha Susan Dobney com sua touca! Lembro-me dela muito bem.
 – E ela se lembra do senhor. Foi antes... antes de o senhor achar melhor ir para a África do Sul.
 – Ah, vejo que já sabe de toda a minha história. Não preciso esconder nada do senhor. Posso lhe jurar que não há homem no mundo que ame uma mulher mais do que amo Frances. Eu era um jovem impetuoso, mas não era pior que os outros da minha idade. E ela era pura como a neve. Não podia suportar a mais leve sombra de grosseria. Quando soube das coisas que eu fizera, não quis mais falar comigo. Mas ainda assim me amava! E amava o bastante para continuar solteira durante toda a sua juventude, só por minha causa. Depois que os anos se passaram e ganhei dinheiro em Barberton, pensei que talvez pudesse procurá-la novamente. Eu soube que ela continuava solteira. Encontrei-a em Lausanne e tentei tudo o que sabia. Ela enfraqueceu, mas continuava determinada, e quando apareci no dia seguinte, Frances já

tinha ido embora. Descobri que tinha ido para Baden, e depois de um tempo fiquei sabendo que a empregada estava aqui, em Montpelier. Sou um sujeito endurecido, acostumado à vida difícil, e quando o Dr. Watson falou comigo daquela forma perdi o controle. Mas, pelo amor de Deus, conte-me o que aconteceu com *Lady* Frances.

– Isso é o que precisamos descobrir – disse Sherlock Holmes, com sua peculiar seriedade. – Qual o seu endereço em Londres, Sr. Green?

– Hotel Langham.

– Então recomendo que volte para lá e permaneça alerta para o caso de eu precisar de sua ajuda. Não desejo encorajar falsas esperanças, mas fique sossegado que farei todo o possível para colocar *Lady* Frances em segurança. Não posso dizer mais nada no momento. Fique com meu cartão, para o caso de precisar entrar em contato conosco. Agora, Watson, faça sua mala que eu vou telegrafar à Sra. Hudson para fazer o possível para alimentar dois viajantes famintos que chegarão amanhã às sete e meia.

Um telegrama esperava por nós quando chegamos ao nosso apartamento na Rua Baker. Ao terminar de ler, Holmes soltou uma exclamação e entregou-o a mim.

– "Cortada ou arrancada" – dizia a mensagem, enviada de Baden.

– O que significa isto? – perguntei

– Tudo – respondeu Holmes. – Talvez você se lembre da minha pergunta, aparentemente irrelevante, sobre a orelha esquerda daquele cavalheiro. Você não a respondeu.

– Eu já tinha saído de Baden e não pude perguntar.

– Exatamente. Por isso enviei a mesma pergunta ao gerente do Englischer Hof, cuja resposta é essa.

– E o que isso quer dizer?

– Quer dizer, meu caro Watson, que estamos lidando com um homem excepcionalmente astuto e perigoso. O reverendo Dr. Shlessinger, missionário da América do Sul, é ninguém menos que Holy Peters, um dos bandidos mais inescrupulosos que a Austrália já produziu; e até que para um país tão novo, ela já produziu muita coisa ruim. Sua especialidade é enganar senhoras solitárias apelando a seus sentimentos religiosos. A inglesa Fraser, que ele chama de esposa, é uma assistente e tanto. A natureza de suas ações sugeriu-me a identidade, e essa característica física – levou uma mordida terrível numa briga de bar em Adelaide, em 1889 – confirmou minha suspeita. Essa pobre senhora está nas mãos de uma dupla infernal, Watson. É bem provável que ela já esteja morta. Caso contrário, está presa e não pode escrever à Srta. Dobney ou a seus outros amigos. É possível também que ela não tenha chegado à Inglaterra, ou que esteve por aqui, mas já foi levada embora. A primeira hipótese é improvável, pois, com seu sistema de registro, a polícia da França dificulta esse tipo de trapaça. A segunda também não é viável, pois esses bandidos não teriam facilidade para encontrar outro lugar onde esconder uma pessoa. Todos os meus instintos dizem que ela está em Londres, embora não tenhamos ainda como determinar onde. Assim, só nos resta fazer o óbvio, ou seja, jantar e ter paciência. Mais tarde vou até a Scotland Yard trocar uma palavrinha com nosso amigo Lestrade.

Mas nem a polícia nem a organização de Holmes – pequena, mas muito eficiente – conseguiram esclarecer esse mistério. Entre os milhões de habitantes de Londres, aquelas três pessoas desapareceram como se nunca tivessem existido. Anúncios foram publicados, mas não trouxeram resultados. Pistas foram seguidas, mas não levaram a nada. Todos os antros de criminosos que Shlessinger poderia frequentar foram vasculhados, mas em vão. Seus antigos comparsas foram seguidos, mas não entraram em contato com ele. De repente, após uma semana de suspense, apareceu uma esperança. Um pingente espanhol de prata e diamante foi penhorado em Bevington, na Av. Westminster. A pessoa que fizera o penhor era um homem grande, com aparência de religioso. O nome e o endereço eram evidentemente falsos. Não repararam na orelha, mas o restante da descrição combinava com Shlessinger.

Por três vezes nosso amigo barbado do hotel Langham viera procurar notícias. A terceira vez foi uma hora depois da notícia sobre o penhor. Suas roupas estavam ficando folgadas. Ele parecia estar derretendo de ansiedade.

– Se apenas me disserem o que fazer! – era o apelo que fazia.

Afinal, Holmes tinha o que lhe dizer.

– Ele começou a penhorar as joias. Agora vamos pegá-lo.

– Mas isso significa que algo de ruim aconteceu a *Lady* Frances? Holmes balançou a cabeça com seriedade.

– Supondo-se que eles a mantiveram prisioneira até agora, está claro que não poderão soltá-la sem que isso os comprometa. Precisamos estar preparados para o pior.

– O que eu posso fazer?

– Esses bandidos conhecem o senhor?

– Não.

– É possível que eles procurem outra casa de penhor, no futuro. Nesse caso, teremos que começar tudo de novo. Por outro lado, se conseguiram um preço bom e ninguém lhes fez perguntas, e se estiverem precisando de dinheiro, podem voltar à loja de Bevington. Vou escrever uma carta para o dono e ele deixará você esperar na loja. Se o sujeito aparecer, siga-o até sua casa. Mas com discrição e, acima de tudo, sem violência. Quero sua palavra de honra de que não vai fazer nada sem que eu saiba e concorde.

Por dois dias, o Honorável Philip Green (ele era, vale a pena mencionar, filho do famoso almirante que comandou a frota do mar de Azov durante a Guerra da Crimeia) não nos trouxe novidades. Na noite do terceiro dia, ele irrompeu em nossa sala de estar, pálido, com todos os músculos de seu corpanzil tremendo de nervosismo.

— Vamos pegá-lo! Vamos pegá-lo! — ele exclamava, sem conseguir articular alguma ideia.

Holmes acalmou-o e fez com que se sentasse na poltrona.

— Calma, agora, e conte-nos o que aconteceu.

— Ela apareceu há uma hora. Foi a mulher, desta vez, e o pingente que trouxe fazia par com o outro. Ela é alta, pálida e tem olhos de fuinha.

— Essa é a mulher — confirmou Holmes.

— Ela saiu da loja de penhores, e eu a segui. Ela subiu a Av. Kennington e entrou numa casa; uma funerária, Sr. Holmes.

Meu amigo estremeceu.

— E então? — ele perguntou, com aquela voz vibrante que revelava a alma inflamada por trás da máscara impassível.

— Ela conversava com a mulher detrás do balcão. Também entrei na funerária. Ouvi aquela criminosa dizer "está atrasado", ou algo parecido. A agente respondeu: "Deve estar chegando. Demorou mais, sendo que é fora do padrão". Então elas pararam de falar e olharam para mim. Eu fiz uma pergunta qualquer e saí.

— Agiu muito bem. O que aconteceu em seguida?

— A tal Shlessinger saiu, mas eu estava escondido. Ela suspeitou de alguma coisa, pois deu uma boa olhada ao redor. Depois chamou uma carruagem e entrou. Tive sorte de conseguir um cabriolé em seguida e mandei o cocheiro segui-la. Ela desceu na Praça Poultney, 36, em Brixton. Eu fiz o meu carro ir até a esquina, desci e observei a casa.

— Viu alguém?

— As janelas estavam todas escuras, a não ser por uma no térreo. Mas a veneziana estava fechada, de modo que não pude olhar para dentro. Eu estava lá, parado, pensando no que fazer em seguida, quando uma carroça coberta encostou, dois homens desceram e retiraram um objeto, que levaram até os degraus da porta de entrada. Era um caixão de defunto, Sr. Holmes.

– Ah!
– Estive a ponto de invadir a casa. Então, abriram a porta para que os homens levassem o caixão para dentro. Foi aquela mulher que abriu a porta. Ela me viu e acho que me reconheceu. Estremeceu e fechou rapidamente a porta. Lembrei-me da promessa que lhe fiz e voltei.

– Fez um trabalho muito bom – disse Holmes, escrevendo alguma coisa em meia folha de papel. – Nada podemos fazer sem um mandado judicial, e você pode nos ajudar levando este bilhete às autoridades e providenciando um. Podem surgir dificuldades, mas acho que o penhor das joias deve ser suficiente. Lestrade vai cuidar dos detalhes.

– Mas eles podem assassiná-la enquanto isso. O que significa aquele caixão, e para quem seria se não para *Lady* Frances?

– Vamos fazer tudo o que for possível, Sr. Green. Não perderemos nem um momento. Deixe o caso em nossas mãos. Agora, Watson – ele acrescentou, depois que nosso cliente saiu, apressado –, ele vai acionar as forças regulares. Nós, como sempre, somos os irregulares e temos nossa própria linha de ação. A situação me parece tão desesperadora que justifica medidas extremas. Não podemos perder nem um instante para chegar à Praça Poultney.

– Vamos tentar reconstituir o ocorrido – continuou Holmes, enquanto passávamos rapidamente pelas casas do Parlamento e cruzávamos a ponte de Westminster. – Esses bandidos convenceram aquela pobre senhora a vir para Londres, depois de terem-na afastado da empregada. Se ela escreveu alguma carta, com certeza foi interceptada. Com a ajuda de algum cúmplice, alugaram uma casa, onde tornaram *Lady* Frances prisioneira e se apossaram das joias valiosas que ela possuía e que constituíam seu objetivo desde o princípio. Eles já começaram a passar as joias adiante, pois devem se sentir seguros, já que acham que ninguém está interessado no destino de *Lady* Frances. Se ela fosse libertada, com certeza os denunciaria. Portanto, ela não será libertada. Mas os criminosos não podem mantê-la presa para sempre. Então, assassinato parece a única solução para os dois.

– Isso está bem claro.

– Agora vamos tentar outra linha de raciocínio. Quando seguimos duas hipóteses diferentes, Watson, encontramos algum ponto de interseção que nos aproxima da verdade. Vamos começar, agora, não pela mulher, mas pelo caixão. Isso prova, receio que sem sombra de dúvida, que ela está morta. Também indica um enterro ortodoxo, com atestado de óbito oficial, assinado por médico. Se o assassinato fosse declarado, eles a teriam enterrado no jardim. Mas estão fazendo tudo às claras. O que isso significa? Que fizeram com que a morte de *Lady* Frances parecesse natural, de modo que enganasse até um médico. Envenenamento, talvez. De qualquer modo, seria estranho deixarem um médico aproximar-se dela, a menos que ele também fosse cúmplice, o que não acredito.

– Será que falsificaram um atestado de óbito?

– Isso seria perigoso, Watson, muito perigoso. Não, não acredito que fizessem isso. Pare aqui, cocheiro! Esta é, evidentemente, a tal casa funerária, pois acabamos de passar pela loja de penhor. Quer ir até lá, Watson? Sua aparência inspira confiança. Pergunte a que horas sai o enterro da Praça Poultney, amanhã.

– A mulher da agência funerária respondeu-me sem hesitação que seria às oito da manhã.

– Você percebe, Watson? Não estão fazendo mistério. Tudo às claras. De alguma forma conseguiram cumprir as exigências legais e acreditam ter pouco a temer. Bem, nada nos resta a não ser um ataque frontal. Está armado?

– Só com a bengala!

– Ora, ora, estaremos fortes o suficiente. "Está bem armado aquele cuja luta é justa!" Não podemos nos dar ao luxo de esperar a polícia, ou fazer tudo dentro da lei. Pode ir embora, cocheiro. Agora, Watson, que a sorte nos favoreça, como sempre tem feito.

Ele tocou a campainha ruidosamente. A porta foi aberta imediatamente por uma mulher alta, cuja silhueta se delineava contra o vestíbulo iluminado.

– Bem, o que deseja? – ela perguntou, secamente, olhando para nós dois no escuro.

– Quero falar com o Dr. Shlessinger – disse Holmes.

– Não há ninguém com esse nome aqui – ela respondeu e tentou fechar a porta, mas Holmes a segurou com o pé.

– Bem, quero falar com o homem que mora aqui, qualquer que seja seu nome – Holmes disse com firmeza.

Ela hesitou, mas depois abriu a porta.

– Então, entre! – exclamou. – Meu marido não tem medo de nenhum homem no mundo.

Ela fechou a porta e nos indicou uma sala de estar à direita, acendendo a iluminação a gás ao nos deixar.

– O Sr. Peters vem falar com os senhores num instante.

Realmente, mal tivemos tempo para dar uma olhada naquele aposento empoeirado e devorado por traças quando a porta se abriu e um homem, alto e careca, entrou. Ele tinha o rosto redondo e vermelho, com as bochechas pendentes e uma aparência geral de bondade que contrastava com a boca cruel e maliciosa.

– Deve estar havendo algum engano, cavalheiros – ele disse, num tom de voz tranquilizador e pouco sincero. – Acho que erraram de casa. Talvez, mais para baixo na rua...

– Agora chega! – interrompeu Holmes. – Não temos tempo a perder. O senhor é Henry Peters, de Adelaide, também conhecido como reverendo Dr. Shlessinger, de Baden e da América do Sul. Sei disso tão bem como sei que meu nome é Sherlock Holmes.

Peters, que é como vou chamá-lo de agora em diante, estremeceu e olhou para seu formidável antagonista.

– Seu nome não me assusta, Sr. Holmes – ele disse, com frieza. – Quando um homem está com a consciência tranquila, não se consegue amedrontá-lo. O que quer na minha casa?

– Quero saber o que fez com *Lady* Frances Carfax, que o senhor trouxe de Baden.

– Ficaria feliz se pudesse me dizer onde está aquela senhora – respondeu Peters. – Ela me deixou uma conta de quase cem libras e nada em garantia, a não ser um par de pingentes que o negociante mal quis olhar. Ela fez amizade com minha esposa e comigo em Baden... é verdade que na ocasião eu usava outro nome... e não largou de nós até chegarmos a Londres. Paguei a conta do hotel e suas passagens. Ao chegarmos a Londres ela sumiu e, como disse, deixou-nos essas joias sem valor para pagar as contas. Encontre-a, Sr. Holmes, e ser-lhe-ei muito grato.

– Vou encontrá-la – disse Sherlock Holmes. – Vou revistar esta casa até achá-la.

– Onde está seu mandado?

Holmes mostrou-lhe o revólver no bolso.

– Isto terá que servir até eu conseguir um melhor.

– Ora, então é um ladrão comum!

– Pode me chamar assim – disse Holmes, ironicamente. – Meu amigo também é um bandido perigoso. E juntos vamos revistar sua casa.

Nosso adversário abriu a porta.

– Vá buscar um policial, Annie! – ele disse.

Ouvimos as saias da mulher movimentando-se no corredor e depois a porta do vestíbulo sendo aberta e fechada.

– Temos pouco tempo, Watson – disse Holmes. – Se tentar nos impedir, Peters, vai se machucar. Onde está o caixão que foi trazido para esta casa?

– O que quer com o caixão? Está sendo usado. Há um corpo nele.

– Preciso ver o corpo.

– Não sem o meu consentimento.
– Então será sem ele.
Com agilidade, Holmes empurrou o sujeito para um lado e voltou para o vestíbulo. Uma porta à esquerda, por onde entramos, estava entreaberta. Era uma sala de jantar. Sobre a mesa, iluminado por um candelabro a meia-luz, jazia o caixão. Holmes intensificou a iluminação e abriu a tampa. Nos fundos do caixão estava um corpo muito magro. A luz revelava um rosto idoso e enrugado. Nenhuma crueldade, fosse fome, maus-tratos ou doença, poderia ter desgastado tanto a linda *Lady* Frances. O rosto de Holmes mostrava seu espanto e alívio.
– Graças a Deus! – ele murmurou. – É outra pessoa.
– Ah, parece que fez uma asneira dos diabos, hein, Sr. Holmes! – disse Peters, que nos seguira até a sala de jantar.
– Quem é esta mulher?
– Ora, se realmente quer saber, é Rose Spender, antiga governanta da minha mulher. Encontramos a pobre mulher no asilo de Brixton e a trouxemos para cá. Chamamos o Dr. Horsom, de Firbank Villas, 13... anote o endereço se quiser, Sr. Holmes... e fizemos com que ela fosse bem tratada, como cristãos que somos. No terceiro dia ela morreu. O atestado afirma que foi devido à falência geral do organismo, devido à senilidade, mas é claro que o senhor deve saber de alguma conspiração contra ela! – emendou Peters, irônico. – O funeral foi contratado junto a Stimson & Co., na Avenida Kennington, e o enterro será amanhã às nove horas. Achou algum furo, Sr. Holmes? Cometeu um erro estúpido que fez por merecer. Eu daria qualquer coisa por uma fotografia de seu rosto atônito, com a boca aberta, quando ergueu a tampa do caixão, esperando ver *Lady* Frances Carfax e encontrando apenas uma pobre senhora de noventa anos.
Holmes continuava com sua expressão impassível, apesar da gozação de seu antagonista, mas as mãos crispadas revelavam o quanto estava contrariado.
– Vou vasculhar sua casa – disse meu amigo.
– Insiste nisso! – exclamou Peters, e ouvimos a voz de sua mulher e passos pesados no corredor. – Vamos ver se conseguirá! Por aqui, policiais, por favor. Estes homens forçaram a entrada em minha casa e não consigo me livrar deles. Ajudem-me a colocá-los para fora, por favor.
O sargento e o policial ficaram na entrada. Holmes entregou-lhes seu cartão de visita.
– Aí estão meu nome e endereço. Este aqui é meu amigo, Dr. Watson.
– Por Deus, Sr. Holmes! Sabemos muito bem quem é – disse o sargento –, mas não pode ficar aqui sem um mandado.
– Claro que não. Compreendo.

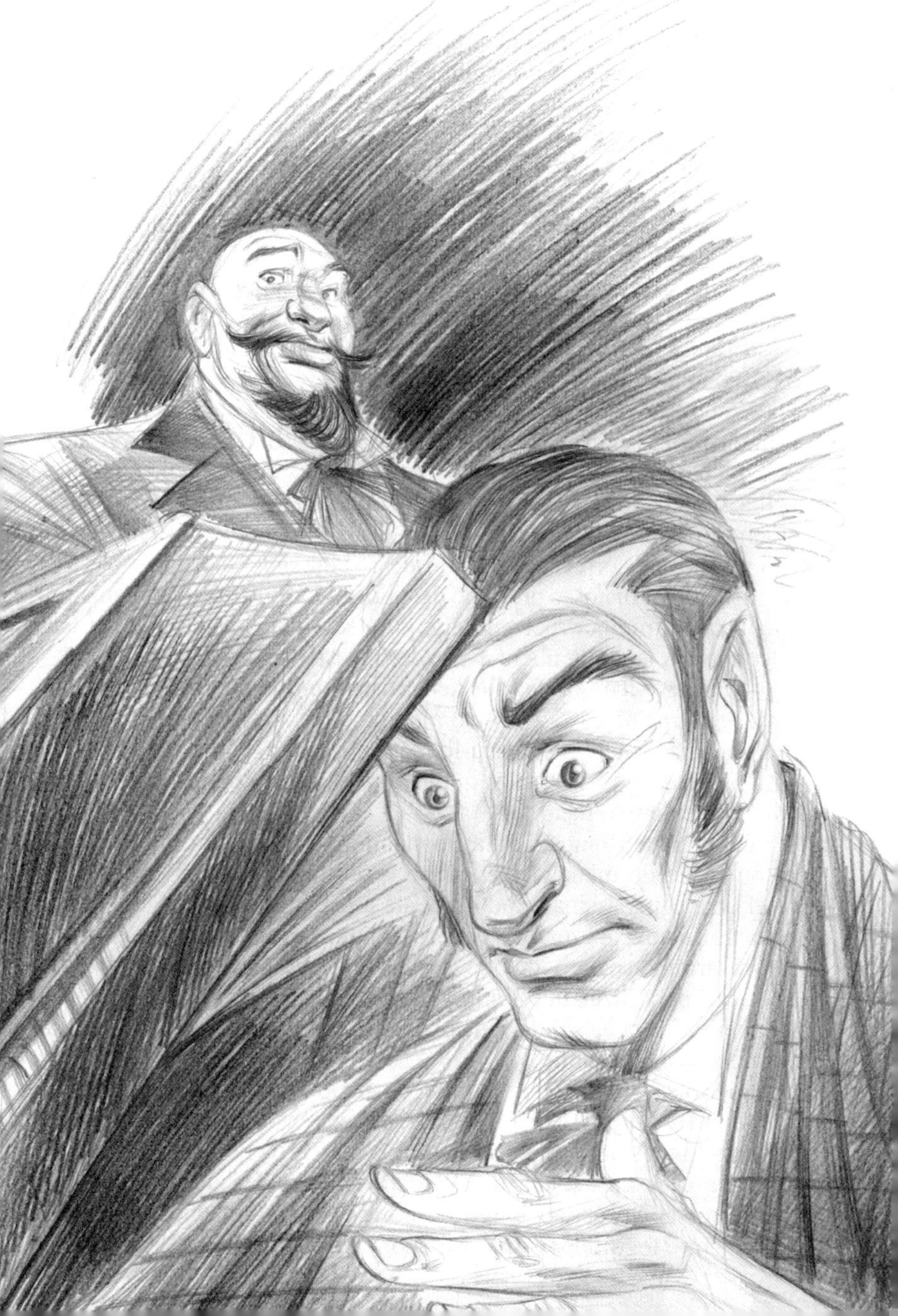

— Prendam-no! — exclamou Peters.

— Sabemos onde ele mora, se precisarmos realmente prender este cavalheiro — retrucou o sargento. — Mas terá que sair, Sr. Holmes.

— Certo. Vamos Watson, temos que ir.

Um minuto depois estávamos novamente na rua. Holmes continuava impassível como sempre, mas eu fervia de raiva e humilhação. O sargento nos seguiu.

— Desculpe-me, Sr. Holmes, mas essa é a lei.

— Eu sei, sargento, o senhor não poderia ter agido de outra forma.

— Imagino que haja um bom motivo para o senhor estar aqui. Se houver algo que eu possa fazer...

— Uma senhora está desaparecida, e acreditamos que está naquela casa. Estamos aguardando um mandado para qualquer instante.

— Então vou ficar de olho neles, Sr. Holmes. Se acontecer algo eu o aviso.

Como eram apenas nove horas, continuamos nossas investigações. Primeiro fomos até o Asilo de Brixton, onde soubemos ser verdade que um casal caridoso estivera lá havia alguns dias e reclamara uma velha senhora inválida como sendo uma antiga empregada deles, obtendo permissão para levá-la para casa. Os funcionários do asilo não mostraram surpresa ao saber que a velha tinha morrido.

O médico foi nosso próximo destino. Ele realmente fora chamado, encontrara a mulher morrendo de pura senilidade e assistira ao seu falecimento, tendo também assinado o atestado de óbito.

— Garanto-lhe que tudo estava normal e que não havia nenhum sinal de crime no caso — disse o médico.

Nada naquela casa pareceu-lhe suspeito, a não ser que era estranho, para pessoas daquela classe, que não tivessem empregados. Isso foi tudo o que disse o médico.

Finalmente, fomos para a Scotland Yard. Surgiram dificuldades na obtenção do mandado. O atraso seria inevitável. Não seria possível obter uma assinatura do juiz até a manhã seguinte. Se Holmes voltasse às nove da manhã, poderia ir com Lestrade assistir à busca. Assim terminou o dia. Contudo, à meia-noite, nosso amigo, o sargento, apareceu para dizer que tinha visto luzes nas janelas da casa, mas ninguém entrara ou saíra. Nada podíamos fazer a não ser ter paciência e esperar o dia seguinte.

Sherlock Holmes estava muito irritado para conversar e muito agitado para dormir. Deixei-o fumando, com as sobrancelhas franzidas e os longos dedos tamborilando os braços da poltrona, enquanto revirava em sua cabeça todas as possibilidades daquele mistério. Diversas vezes, ao longo da noite, ouvi-o andando pela casa. Finalmente, logo depois que fui acordado, de manhã, ele irrompeu

O Desaparecimento de *Lady* Frances Carfax

no quarto. Estava de roupão, mas as olheiras contavam que passara a noite em claro.

– A que horas é o funeral? Oito, não é? – ele perguntou, ansioso. – Agora são sete e vinte. Céus, Watson, o que aconteceu com o cérebro que Deus me deu? Rápido, homem, rápido! É vida ou morte – cem vezes mais chances de ser morte que vida. Eu nunca vou me perdoar se chegarmos tarde demais, nunca!

Não se passaram cinco minutos antes que estivéssemos descendo a Rua Baker a toda, a bordo de um cabriolé. Mesmo assim, eram vinte e cinco para as oito quando alcançamos o Big Ben e oito horas quando viramos na Av. Brixton. Mas não éramos os únicos atrasados. Dez minutos depois da hora, o carro funerário ainda estava parado na frente da casa, e somente quando nossos cavalos pararam, espumando, apareceu o caixão na porta da casa, carregado por três homens. Holmes correu e barrou-lhes a passagem.

– Levem de volta! – gritou, pondo a mão no peito do que vinha mais à frente. – Levem de volta agora mesmo!

– Que diabos quer dizer com isso? Mais uma vez eu lhe pergunto: onde está seu mandado? – gritou o furioso Peters, com o rosto vermelho aparecendo na outra extremidade do caixão.

– O mandado está chegando. Este caixão vai permanecer na casa até ele chegar.

A autoridade que emanava de Holmes teve efeito sobre os carregadores. Peters desaparecera dentro da casa, e os homens obedeceram às novas ordens.

– Rápido, Watson, rápido. Pegue esta chave de fenda! – ele gritou, quando o caixão foi colocado sobre a mesa. – Uma para você, meu amigo! Um soberano se a tampa sair em menos de um minuto! Não façam perguntas, apenas tirem a tampa! Assim! Outro! E outro! Agora puxem todos juntos! Isso! Ah, afinal.

Num esforço conjunto, conseguimos retirar a tampa do caixão. Ao fazê-lo, veio de dentro um cheiro poderoso e estupefaciante de clorofórmio. Dentro havia um corpo com a cabeça envolta por um tecido encharcado com o narcótico. Holmes retirou o tecido, revelando o rosto lindo e majestoso de uma mulher de meia-idade. Num segundo, Holmes passou o braço por seus ombros e ergueu-a, colocando-a sentada.

– Ela morreu, Watson? Temos alguma esperança? Queira Deus que não tenhamos chegado muito tarde.

Por meia hora pareceu que realmente não havia mais chance. O sufocamento e o clorofórmio pareciam ter levado *Lady* Frances para um ponto de onde não havia mais retorno. Finalmente, com respiração artificial, injeção de éter e todos os meios que a ciência poderia sugerir, uma palpitação no pulso, um tremor das pálpebras, a respiração aparecendo debilmente num espelho indicavam que a vida retornava aos poucos. Uma carruagem parou na frente da casa. Holmes, abrindo a veneziana, olhou para fora.

– Aí está Lestrade com o mandado – disse. – Ele vai ver que os pássaros já abandonaram o ninho. E aqui – acrescentou, quando passos pesados ecoaram no corredor – está chegando alguém com mais direito a cuidar desta senhora do que nós. Bom dia, Sr. Green, acho que o quanto antes pudermos retirar *Lady* Frances daqui, melhor. Enquanto isso, o funeral pode prosseguir, para que a pobre velha que ainda está no caixão possa ir para o local de seu último descanso.

– Se quiser acrescentar esse caso à sua coleção, meu caro Watson – disse Holmes naquela noite –, ele talvez exemplifique bem os lapsos que mesmo as melhores mentes podem sofrer. Tais falhas são comuns a todos os mortais, e é um grande homem aquele que reconhece isso e procura corrigir-se. Creio que tenho direito a esse modesto crédito. Minha noite foi assombrada pelo pensamento de que havia uma pista, uma frase estranha, um comentário fora de lugar que eu deixara passar. Então, repentinamente, ao amanhecer, as palavras me voltaram. Foi o comentário da mulher da funerária, conforme contou Philip Green. Ela disse algo como "deve estar chegando. Demorou mais, sendo que é fora do padrão". Ela falava do caixão, que fora feito fora de padrão. Isso só podia significar que tinha alguma medida especial. Mas, por quê? Então lembrei-me da profundidade, do corpinho jogado lá no fundo. Por que um caixão tão grande para corpo tão pequeno? Para haver espaço para outro corpo. As duas mulheres seriam enterradas com o mesmo atestado. Estava tudo tão claro que não sei como não enxerguei antes. Às oito horas, *Lady* Frances seria enterrada. Nossa única chance era não deixar que o caixão saísse da casa.

"A chance de encontrá-la viva era de uma em um milhão. Mas era uma chance, como o resultado mostrou. Pelo que eu sabia, aquele casal nunca cometera um assassinato. Imaginava que eles não tivessem coragem para um verdadeiro ato de violência. Queriam enterrá-la sem deixar mostras de como morreu e, ainda que fosse exumada, haveria uma oportunidade de eles escaparem. Eu esperava que essa hipótese prevalecesse. Você se lembra da cena, e viu aquele quartinho horrível onde *Lady* Frances foi mantida em cativeiro por tanto tempo. Eles entraram lá e a deixaram inconsciente com o clorofórmio. Carregaram-na para baixo, puseram mais narcótico no caixão, para evitar que ela acordasse, e depois parafusaram a tampa. Um plano engenhoso, Watson. É novidade, para mim, nos anais do crime. Se nosso ex-missionário escapar às garras de Lestrade, acho que ouviremos falar de novos lances espetaculares em sua futura carreira."

O Detetive Agonizante

A Sra. Hudson, senhoria de Sherlock Holmes, era mulher extremamente resignada. Não apenas seu apartamento do primeiro andar era invadido a qualquer hora por hordas de pessoas estranhas e, às vezes, indesejáveis, como seu inquilino mostrava frequentemente excentricidades e irregularidades que devem ter posto sua paciência à prova. O incrível desleixo, o gosto pela música em horas impróprias, a prática de tiro ao alvo dentro de casa, as experiências químicas malcheirosas e a atmosfera de violência e perigo que o rondavam faziam dele o pior inquilino de Londres. Por outro lado, seus pagamentos eram principescos. Não tenho dúvida de que Holmes poderia ter comprado todo o prédio da Sra. Hudson com o dinheiro com que lhe pagou durante os anos em que convivi com ele.

A mulher tinha-lhe a maior admiração e nunca ousara interferir em seus hábitos, por mais impróprios que parecessem. Além disso, ela gostava de Holmes, que era muito gentil e educado ao tratar com as mulheres. Embora não gostasse nem confiasse no sexo oposto, ele sempre foi um adversário cavalheiresco. Sabendo que a preocupação da Sra. Hudson para com Holmes era genuína, ouvi com o maior interesse o que tinha para contar, quando apareceu em minha casa, no meu segundo ano de casado. Ela falava da triste condição em que se encontrava meu pobre amigo.

– Ele está morrendo, Dr. Watson – ela disse. – Há três dias está piorando, e duvido que chegue ao fim do dia. Não me deixava buscar um médico. Esta manhã, quando vi os ossos saltando em seu rosto e os olhos brilhantes me fitando, não aguentei mais. "Com sua permissão ou sem ela, Sr. Holmes, vou chamar um médico agora mesmo", eu disse. "Que seja o Watson, então", disse ele. Eu não perderia nem um minuto para ir até lá, doutor, pois corre o risco de não vê-lo com vida.

Fiquei horrorizado, porque nem sabia que Holmes estava doente. Não preciso dizer que peguei minhas coisas correndo. A caminho da Rua Baker, pedi mais detalhes.

– Não sei lhe dizer muito – ela começou. – Ele esteve trabalhando num caso em Rotherhithe, numa travessa perto do rio, e voltou com essa doença. Caiu de cama na quarta-feira à tarde e não se levantou mais. Nesses três últimos dias, não comeu nem bebeu.

– Meu Deus! Por que não chamou um médico?

– Ele não me deixou. O senhor sabe como ele é mandão! Não ousei desobedecer-lhe. Mas o Sr. Holmes não ficará muito tempo conosco. Vai ver quando lhe puser os olhos.

Realmente, a situação de Sherlock Holmes era desesperadora. A luz tênue daquele dia enevoado de novembro tornava o quarto do doente um lugar sombrio, mas foi aquele rosto magro e abatido, olhando fixamente para mim, que me arrepiou a espinha. A febre fazia com que seus olhos brilhassem e as faces ficassem vermelhas; feridas escuras pesavam em seus lábios; as mãos magras sobre a coberta mexiam-se sem parar e sua voz estava rouca e entrecortada. Permaneceu imóvel quando entrei, mas um lampejo em seus olhos demonstrou que me reconhecera.

– Olá, Watson. Parece que não estou muito bem – ele disse, com a voz débil, mas procurando manter um tom despreocupado.

– Meu caro amigo! – exclamei, aproximando-me.

– Afaste-se! Afaste-se! – ele disse, com a mesma autoridade que eu sempre associara aos momentos de crise. – Se pretende aproximar-se de mim, Watson, vou mandar que saia da casa.

– Mas por quê?

– Porque é o meu desejo. Não é suficiente?

A Sra. Hudson tinha razão. Ele estava mais autoritário que nunca. Era penoso, contudo, ver o estado em que se encontrava.

– Só quero ajudar – expliquei.

– Exatamente! Vai me ajudar se fizer o que eu mandar.

– Claro que sim, Holmes.

Ele relaxou.

– Não ficou bravo? – Holmes perguntou, com dificuldade para respirar.

Pobre homem! Como eu poderia ficar bravo ao vê-lo prostrado naquelas condições?

– É para o seu próprio bem, Watson – ele grasnou.

– Para o *meu* bem?

– Eu sei qual é meu problema. Uma doença nativa de Sumatra – coisa da qual os holandeses sabem mais que nós, embora isso também não queira dizer muito. Sabe-se somente que é infalivelmente mortal e muito contagiosa.

Holmes falava com energia febril, contorcendo e balançando as mãos enquanto acenava para eu me afastar.

– É contagiosa por contato, Watson – isso mesmo, por contato. Fique longe e tudo estará bem.

– Meu Deus, Holmes! Você acredita que levo em conta esse tipo de problema, num momento como este? Eu não levaria em conta minha saúde para tratar de um estranho! Acha que isso me impediria de cumprir meu dever para com um velho amigo?

Novamente fui em sua direção, mas ele me repeliu com raiva.

– Se mantiver distância, podemos conversar, caso contrário terá que sair do quarto.

Sempre tive tanto respeito pelas qualidades extraordinárias de Holmes, que geralmente cedia aos seus desejos, mesmo que não os compreendesse. Mas, naquele momento, meus instintos profissionais entraram em alerta. Que mandasse em mim quando quisesse, mas naquele momento ele era o doente e eu, o médico.

– Holmes – eu disse –, você está fora de si. Um doente é como uma criança. Portanto, vou tratar de você. Gostando ou não, vou examinar seus sintomas e tratá-lo de acordo.

Ele me fitou com olhos ferinos.

– Se tenho que ter um médico, que seja alguém em quem eu confie – ele disse.

– Então não confia em mim?

– Confio na sua amizade, é claro. Mas fatos são fatos, Watson, e afinal você é apenas um clínico-geral com pouca experiência e qualificações medíocres. É doloroso para mim dizer essas coisas, mas você não me deixa escolha.

Aquilo me magoou.

– O que disse não é digno de você, Holmes. Demonstra claramente seu estado de nervos. Mas, já que não confia em mim, não vou forçá-lo a aceitar meus serviços. Deixe-me trazer *Sir* Jasper Meek, Penrose Fisher ou qualquer outro dos melhores especialistas de Londres. Mas alguém *tem* que cuidar de você; isso está fora de questão. Se pensa que vou ficar aqui parado, vendo você morrer sem tentar ajudá-lo ou trazer alguém para cuidar de você, está muito enganado.

– Suas intenções são boas, Watson – disse o doente, entre um gemido e um soluço. – Será que preciso demonstrar sua ignorância? O que sabe, diga-me, da febre Tapanuli? E da infecção negra de Formosa?

– Nunca ouvi falar delas.

– Existem muitas doenças, muitas patologias estranhas no Oriente, Watson. – Ele fazia pausas entre cada sentença, para reunir forças.

– Aprendi a respeito durante pesquisas de caráter médico-criminal que realizei. Foi numa dessas pesquisas que contraí esta doença. Você não pode fazer nada.

– Muito possivelmente não. Mas eu soube que o Dr. Ainstree, a maior autoridade em doenças tropicais, está em Londres. Suas negativas de nada adiantam, Holmes. Vou chamá-lo agora mesmo.

– Virei-me, decidido, para a porta.

Nunca sofri maior choque! Num instante, dando um pulo de tigre, o moribundo me interceptou e trancou a porta. Em seguida cambaleou de volta à cama, exausto e ofegante devido ao tremendo gasto de energia.

– Não vai conseguir tirar a chave de mim à força, Watson. Está preso, meu amigo. Você está aqui, que é onde vai permanecer até que eu diga o contrário. Mas eu vou fazer o que quer. – Ele falava com dificuldade, fazendo esforços tremendos para respirar. – Sei que você só quer o meu bem. Vamos fazer do seu modo, mas me dê tempo para que eu me recupere. Agora não, Watson, agora não. São quatro horas. Às seis eu deixo você ir.

– Isso é loucura, Holmes.

– Só duas horas, Watson. Prometo que às seis deixo você ir. Assim está bom para você?

– Parece que não tenho escolha.

– Não mesmo, Watson. Obrigado, não preciso de ajuda para arrumar a roupa. E mantenha distância. Agora, Watson, preciso impor-lhe outra condição. Você vai buscar ajuda, mas não com esse médico de quem falou. Vai procurar a pessoa que eu escolher.

– Claro que sim.

– É a primeira coisa sensata que diz desde que entrou neste quarto. Pegue alguns livros para ler. Eu estou exausto. Imagino que é assim que se sente uma bateria ao fornecer eletricidade a um não condutor. Às seis, Watson, voltaremos a conversar.

Mas voltamos a falar muito antes disso, e sob circunstâncias que me assustaram pouco menos que o pulo dele até a porta. Fiquei alguns minutos observando aquele vulto imóvel na cama. Holmes estava coberto quase até o rosto e parecia cochilar. Então, incapaz de me concentrar na leitura, levantei-me e comecei a andar pelo quarto, examinando os retratos de criminosos que adornavam todas as paredes. Finalmente, em minha perambulação sem objetivo, cheguei à lareira. Sobre o console havia cachimbos, tabaqueiras, canivetes e cartuchos de revólver, entre outras coisas. No meio dessa bagunça havia uma caixinha de marfim preta e branca, com tampa deslizante. Era um belo objeto e peguei-o para examinar mais de perto, quando...

O Detetive Agonizante

Holmes soltou um grito tenebroso, um berro que deve ter ecoado em toda a rua. Meu coração gelou e meu cabelo ficou em pé com aquele rugido terrível. Ao me virar, deparei com um rosto transfigurado e olhos frenéticos. Fiquei paralisado, com a caixinha na mão.

– Ponha isso aí! Agora, Watson, já! – Ele deixou a cabeça cair no travesseiro e soltou um suspiro de alívio quando devolvi a caixinha ao console da lareira. – Odeio que mexam nas minhas coisas, Watson. Você sabe que eu odeio. Você me provoca além do que posso aguentar, Watson. Como pode, um médico... você é capaz de mandar um paciente para o asilo. Sente-se, homem, e deixe-me descansar!

O incidente impressionou-me muito mal. Toda aquela agitação sem sentido, seguida pelo discurso agressivo, tão diferente da característica suavidade, mostravam como sua cabeça estava transtornada. De todas as perdas, a mais deplorável era a daquela mente extraordinária. Fiquei sentado, quieto, até que o prazo que ele me dera se esgotasse. Ele também estivera de olho no relógio, pois logo que este marcou seis horas começou a falar, com a mesma animação febril de antes.

– Diga-me, Watson, tem trocado nos bolsos?
– Tenho.
– Prata?
– Bastante.
– Quantas meias coroas?
– Cinco.
– Ah, muito pouco! Muito pouco! Que infelicidade, Watson! Contudo, coloque todo o trocado no bolso do relógio e o restante no bolso esquerdo da calça. Obrigado. Você vai ficar mais bem equilibrado assim.

Aquilo era pura loucura. Ele estremeceu e emitiu nova mistura de soluço com tosse.

– Agora acenda a luz, Watson, mas não deixe, nem por um instante, passar acima da metade. Tenha muito cuidado, eu imploro, Watson. Obrigado, assim está ótimo. Não, não precisa abrir a cortina. Agora tenha a bondade de colocar algumas cartas e papéis sobre a mesa, aqui ao meu alcance. Obrigado. Agora um pouco daquela bagunça que está sobre o console da lareira. Ótimo, Watson! Ali tem um pegador de açúcar. Pegue a caixinha de marfim com ele. Muito bom! Agora vá chamar o Sr. Culverton Smith, na Rua Lower Burke, 13.

Para dizer a verdade, meu desejo de ir buscar um médico tinha diminuído, pois o pobre Holmes estava tão delirante que me parecia perigoso sair de perto. Contudo, ele estava tão ansioso por falar com aquela pessoa como antes estivera obstinado ao recusar ajuda.

— Nunca ouvi falar nele — eu disse.

— Possivelmente não, meu bom Watson. Talvez você se surpreenda ao saber que, em todo o mundo, o homem mais versado nesta doença não é um médico, mas um agricultor. O Sr. Culverton Smith é um conhecido morador de Sumatra que agora está em Londres. Um surto dessa doença em sua fazenda, que se situa longe de qualquer ajuda médica, fez com que ele mesmo estudasse a patologia, com resultados surpreendentes. Ele é um homem muito metódico, e não quis que você saísse antes das seis porque sabia que ele não estaria em seu escritório. Se você conseguir persuadi-lo a vir e compartilhar seu conhecimento conosco, tenho certeza de que ele poderá me ajudar.

Transcrevi o que Holmes me disse como um todo, sem tentar indicar todas as suas interrupções para respirar e as contorções de sua mão, que mostravam a dor que ele sofria. Sua aparência mudara para pior nas poucas horas em que estive com ele. As manchas na pele estavam mais pronunciadas, as olheiras, mais escuras e um suor frio escorria de sua testa. Ele mantinha, contudo, o modo de falar imperioso. Seria assim até seu último suspiro.

— Diga-lhe exatamente qual é a minha situação — Holmes continuou. — Passe-lhe a impressão que você tem de mim; um homem agonizante, em delírio. Na verdade, não entendo por que o leito do oceano não é uma massa sólida de ostras, pois essas são criaturas muito férteis. Ah, estou divagando! É estranho como o cérebro controla o cérebro. O que eu dizia, Watson?

— Você estava me dando instruções sobre o que falar com o Sr. Culverton Smith.

— Ah, sim, é verdade. Minha vida depende disso. Talvez tenha que implorar, Watson. Ele não tem bons sentimentos por mim. O sobrinho dele, Watson... suspeitei de alguma sujeira e fiz Smith saber o que eu pensava. O rapaz morreu de modo horrível. Ele guarda certo rancor de mim. Procure acalmá-lo, Watson. Peça, implore, mas traga-o de qualquer maneira! Ele pode me salvar... só ele!

— Vou trazê-lo de carruagem, nem que tenha que arrastá-lo.

— Não faça nada disso. Você tem que persuadi-lo a vir. Depois volte antes dele. Peça desculpas mas não venha com ele, venha antes. Não se esqueça, Watson, faça o que estou lhe pedindo. Você nunca falhou. Sem dúvida existem inimigos naturais que limitam a reprodução das criaturas. Você e eu, Watson, fizemos nossa parte. Será, então, que o mundo será tomado pelas ostras? Não, não! Seria horrível! Diga-lhe o que está pensando.

Quando saí, sentia-me infeliz ao extremo por ver aquele grande intelecto arrasado; Holmes balbuciava qual uma criança tola. Ele me entregara a chave, que, felizmente, levei comigo. Assim, ele não conseguiria trancar-se no quarto. A Sra. Hudson esperava no corredor, chorando e tremendo. Ao passar pela janela do apartamento, ouvi a voz alta e fina de Holmes em algum cântico delirante. Enquanto eu chamava uma carruagem, um homem aproximou-se em meio ao nevoeiro.

– Como está o Sr. Holmes? – perguntou.

Era um velho conhecido, o inspetor Morton, da Scotland Yard, vestido à paisana.

– Está muito doente – respondi.

Ele me olhou de modo esquisito. Pareceu-me ter visto um brilho de satisfação em seu rosto, mas aquilo seria muito perverso.

– Ouvi qualquer coisa a respeito – ele disse.

Entrei na carruagem e afastei-me.

A Rua Lower Burke, entre os bairros de Notting Hill e Kensington, era um lugar de casas requintadas. Aquela para onde me dirigia tinha um ar de respeitabilidade nas antigas grades de ferro, na porta maciça de duas folhas e nos brilhantes enfeites de metal. Tudo combinava com aquele mordomo solene, que apareceu sob a luz rosada de uma lâmpada elétrica.

– Sim, o Sr. Culverton Smith está em casa, Dr. Watson! Muito bem, vou levar seu cartão até ele.

Meus humildes nome e título pareceram não impressionar o Sr. Smith. Através da porta entreaberta, eu ouvi sua voz, alta e petulante.

– Quem é esse homem? O que deseja? Ora essa, Staples, quantas vezes já disse que não quero ser perturbado quando estou no escritório?

Em seguida ouvi uma torrente de explicações apaziguadoras do mordomo.

– Bem, não vou recebê-lo, Staples. Não posso ser interrompido dessa forma. Não estou em casa. Diga isso. Diga-lhe para vir de manhã, se realmente precisa falar comigo.

Novamente o murmúrio gentil.

– Ora, diga-lhe isso mesmo. Diga para vir pela manhã ou então não venha. Meu trabalho não pode ser prejudicado.

Pensei em Holmes revirando-se na cama, doente, talvez contando os minutos até que eu lhe levasse ajuda. Aquilo não era hora para se ter cerimônia. A vida de meu amigo dependia da minha presteza. Antes que o mordomo começasse a se desculpar, empurrei-o de lado e entrei no escritório do Sr. Smith.

Com uma exclamação de raiva, o homem levantou-se da cadeira ao lado da lareira. Ele tinha um rosto amarelado, redondo e gorduroso, com queixo duplo e olhos ameaçadores que me fitaram debaixo das sobrancelhas grossas. A grande careca estava coberta com uma boina de veludo, meio caída para um dos lados. O crânio era grande, mas, quando olhei para baixo, para meu espanto, vi que o corpo daquele homem era pequeno e frágil, com os ombros curvos e as costas de quem sofrera raquitismo quando criança.

– O que significa isso? – ele exclamou, numa voz forçada. – O que quer dizer essa invasão? Não mandei lhe dizer para voltar amanhã?

– Sinto muito – eu disse –, mas o assunto não pode ser adiado. Sherlock Holmes...

A menção ao nome do meu amigo produziu um efeito extraordinário naquele homenzinho. A expressão de raiva abandonou seu rosto. Suas feições tornaram-se tensas e alertas.

– O senhor esteve com Holmes? – ele perguntou.

– Acabo de deixá-lo.

– Que tem ele? Como está?

– Está muito doente. Foi por isso que vim.

Ele indicou-me uma cadeira e sentou-se na sua. Vi, de relance, seu rosto no espelho sobre a lareira. Poderia jurar ter visto nele um sorriso malicioso e abominável. Procurei convencer-me de que era alguma contração nervosa, pois ele se virou para mim parecendo genuinamente preocupado.

– Sinto muito por isso – ele disse. – Só conheci o Sr. Holmes por meio de um probleminha que tivemos, mas respeito muito seu talento e sua personalidade. Ele é um diletante da criminologia, assim como sou da doença. Para ele, o vilão; para mim, o micróbio. Essas são minhas prisões – ele continuou, apontando para uma série de garrafas e frascos sobre a mesa lateral. – Em meio a essas culturas gelatinosas estão cumprindo pena alguns dos piores criminosos do mundo.

– Foi por causa de seus conhecimentos especiais que o Sr. Holmes pediu para chamá-lo. Ele o tem em alta conta e acha que é o único homem em Londres que pode ajudá-lo.

O homenzinho tremeu, e a boina caiu no chão.

– Por quê? – ele perguntou. – Por que o Sr. Holmes acha que posso ajudá-lo?

– Por causa de seu conhecimento sobre doenças orientais.

– E por que ele acha que contraiu uma doença oriental?

– Porque, durante alguma investigação, trabalhou entre os marinheiros chineses nas docas.

O Sr. Culverton Smith sorriu e pegou sua boina.

– Ah, foi isso, é? – perguntou. – Talvez não seja tão grave como o senhor supõe. Há quanto tempo ele está doente?

– Três dias.

— Tem delírios?
— Às vezes.
— Ora, ora! Isso parece sério. Seria desumano não atender a esse chamado. Realmente não gosto de ser interrompido, Dr. Watson, mas este é um caso excepcional. Irei imediatamente com o senhor.
Lembrei-me das ordens de Holmes.
— Eu tenho outro compromisso – disse.
— Muito bem. Vou sozinho. Tenho o endereço do Sr. Holmes em algum lugar. Pode ficar tranquilo que em meia hora, no máximo, estarei lá.

Foi com o coração apertado que entrei novamente no quarto de Holmes. Afinal, o pior podia ter acontecido enquanto eu estivera fora. Para meu alívio, ele tinha melhorado muito naquele intervalo. Sua aparência continuava péssima, mas o delírio cessara e, embora sua voz estivesse fraca, falava com lucidez.

— Falou com ele, Watson?
— Falei. Está vindo.
— Admirável, Watson, admirável! Você é o melhor dos mensageiros.
— Ele queria voltar junto comigo.
— Isso não seria possível, Watson. Obviamente seria impossível. Ele perguntou como fiquei doente?
— Disse-lhe que foi com os chineses, no porto.
— Exatamente! Bem, Watson, você fez tudo o que um bom amigo faria. Agora pode sair de cena.
— Tenho que esperar para ouvir a opinião dele, Holmes.
— É claro que sim. Mas tenho razões para supor que a opinião dele será mais sincera e valiosa se ele acreditar que estamos sozinhos. Pode esconder-se atrás da cabeceira da cama, Watson.
— Ora essa, Holmes!
— Não há alternativa, Watson. Este quarto não tem outro lugar que sirva de esconderijo, o que é bom, pois assim não levanta suspeitas. Mas esconda-se aí, Watson. Acho que vai dar certo. – De repente, ele se ergueu, atento. – Ouça a carruagem chegando! Rápido, Watson, se me quer bem! E não revele que está aí, o que quer que aconteça, entendeu? Não se mexa! Apenas preste atenção.

Então, logo depois desse acesso de força, sua voz autoritária e objetiva decaiu novamente para aqueles vagos murmúrios delirantes.

Do esconderijo onde me enfiara tão rapidamente, ouvi os passos na escada, seguidos pelo abrir e fechar da porta do quarto. Então, para minha surpresa, houve um prolongado silêncio, interrompido apenas pela respiração pesada e ofegante do meu amigo. Imaginei que o visitante estava ao lado da cama observando o doente. Finalmente, aquele estranho silêncio foi quebrado.

— Holmes! Holmes! — disse ele, usando o mesmo tom de voz de quem acorda alguém que está dormindo. — Não consegue me ouvir, Holmes?

Ouvi um ruído, como se ele sacudisse o doente com força pelos ombros.

— É você, Smith — Holmes sussurrou. — Não esperava que viesse.

O outro riu.

— Eu também não contemplava essa possibilidade — disse. — Mesmo assim, aqui estou. Deve estar com remorsos, não, Holmes?

— É muita bondade sua... muito nobre da sua parte. Sei dos seus conhecimentos especiais.

Nosso visitante riu.

— Você sabe. Felizmente, é o único homem em Londres que sabe. Qual é o problema com você?

— O mesmo — disse Holmes.

— Ah! Então reconhece os sintomas?

— E muito bem.

— Ora, eu não ficaria surpreso, Holmes. Os sintomas podem ser os mesmos. O que seria muito ruim para você. O pobre Victor morreu no quarto dia, e era um rapaz forte, vigoroso. Como você já disse, era estranho que ele tivesse contraído uma doença asiática no meio de Londres; uma doença que eu havia estudado profundamente. Que coincidência, não, Holmes? Você foi muito esperto em notar, mas pouco bondoso ao sugerir que eu causei aquilo.

— Eu sabia que foi você.

— Ah, sabia, não é? Bem, não pôde provar, de qualquer forma. Mas o que acha de ter espalhado todas aquelas notícias a meu respeito e agora voltar rastejando para pedir ajuda no momento em que precisa de mim? Que brincadeira é essa?

Ouvi a respiração difícil do doente.

— Água! Dê-me água! — ele ofegou.

— Você está bem perto do fim, meu amigo, mas não quero que morra antes de eu lhe dizer algumas coisinhas. Por isso vou dar-lhe água. Aqui, não derrube! Assim... Consegue entender o que eu estou falando?

Holmes gemeu.

— Faça o que puder por mim. Deixe o passado para trás — sussurrou. — Vou me esquecer desse assunto. Apenas cure o que eu tenho. O resto, eu esqueço.

— Esquece o quê?

O Detetive Agonizante

— A morte de Victor Savage. Você acabou de admitir que o matou. Mas eu prometo que esquecerei.

— Tanto faz que você esqueça ou se lembre, nunca irá testemunhar contra mim. Pelo menos não neste mundo, eu lhe garanto. Não me importa que você saiba como o meu sobrinho morreu. Não estamos falando dele, mas sim de você.

— Sim, sim.

— O sujeito que veio me chamar, esqueci o nome dele, disse que você contraiu a doença entre os marinheiros chineses do porto.

— Só pode ter sido.

— Tem orgulho do seu cérebro, Holmes? Acha-se esperto, não acha? Mas cruzou o caminho de alguém mais esperto desta vez. Agora pense um pouco, Holmes. Não consegue pensar em nenhuma outra forma de ter contraído a doença?

— Não consigo pensar. Minha mente arruinou-se. Por Deus, ajude-me!

— Vou ajudá-lo. Vou ajudá-lo a compreender onde está e como chegou aí. Quero que saiba antes de morrer.

— Dê-me algo para a dor.

— Dói, não é mesmo? Os nativos costumavam gritar um bocado antes do fim. Suponho que seja uma espécie de cãibra.

— Isso, isso; cãibra.

— Bom, mesmo assim vai conseguir me escutar. Ouça! Não se lembra de nada incomum que lhe tenha acontecido pouco antes de os sintomas começarem?

— Não, não; nada.

— Pense de novo.

— Estou muito doente para pensar.

— Vou ajudá-lo. Recebeu algo pelo correio?

— Pelo correio?

— Uma caixinha, talvez?

— Estou desmaiando... vou morrer.

— Escute aqui, Holmes! — Ouvi um som como se ele estivesse sacudindo o doente, e precisei fazer um esforço muito grande para me conter naquele esconderijo. — Você tem que me ouvir. Você *vai* me ouvir. Lembra-se de uma caixa... uma caixinha de marfim? Chegou na quarta-feira. Você a abriu, lembra?

— Sim, sim... eu abri. Tinha uma agulha dentro. Alguma piada...

— Não era uma piada, como vai descobrir à sua própria custa. Seu tolo; você procurou e encontrou. Quem mandou ficar no meu caminho? Se me deixasse em paz, não teria se machucado.

— Eu me lembro — Holmes gemeu. — A agulha me picou! Saiu sangue. A caixinha... na mesa.

– Essa mesma! E vai embora deste quarto comigo. E lá se vai a única evidência. Mas você sabe da verdade, Holmes, pode morrer sabendo que eu o matei. Você sabia tanto do destino de Victor Savage que eu estou mandando você para lhe fazer companhia. Está muito próximo do fim, Holmes. Vou me sentar aqui e ver você morrer.

A voz de Holmes afundara num sussurro quase inaudível.

– O que é? – perguntou Smith. – Aumentar a luz? Ah, a escuridão começa a chegar, não é? Tudo bem, vou aumentar a luz, para ver você melhor. – Smith cruzou o quarto, e a luz brilhou. – Posso fazer algo mais por você, meu amigo?

– Um fósforo e um cigarro.

Eu quase gritei de alegria. Holmes falava com sua voz normal, um pouco fraca, talvez, mas a voz que eu conhecia. Houve uma longa pausa e senti que Culverton Smith olhava pasmo para meu amigo.

– O que significa isto? – ouvi-o dizer, afinal, com a voz rouca.

– A melhor forma de desempenhar um papel é vivê-lo – disse Holmes. – Fazia três dias que eu não comia ou bebia, até que você fez a gentileza de me servir um copo de água. Opa! Opa! Ouço os passos de um amigo?

Ouvi passos do lado de fora do quarto, a porta se abriu e o inspetor Morton apareceu.

– Está tudo em ordem e este é seu homem – disse Holmes.

– O senhor está preso pelo assassinato de Victor Savage – disse o policial.

– E pode incluir a tentativa de assassinato de Sherlock Holmes – acrescentou meu amigo, rindo. – Para ajudar um doente, inspetor, o Sr. Culverton Smith fez a bondade de dar o sinal aumentando a iluminação. A propósito, seria bom que você pegasse uma caixinha que está no bolso direito do casaco do prisioneiro. Obrigado. Cuidado com ela. Ela pode ser útil no julgamento.

Houve um ruído de luta acompanhado de um tilintar de metais e um grito de dor.

– Quer ficar quieto? – disse o inspetor. – Assim, só vai conseguir machucar-se. – E ouvi as algemas se fechando.

– Uma bela armadilha! – gritou o homenzinho. – Mas vai levar você para a cadeia, Holmes, não eu. Ele pediu que eu viesse aqui para ajudá-lo. Fiquei com pena dele e vim. Agora quer inventar, sem dúvida, que eu disse alguma coisa para confirmar suas suspeitas malucas. Não vai conseguir, Holmes. Minha palavra vale tanto quanto a sua.

– Bom Deus! – exclamou Holmes. – Eu me esqueci totalmente dele. Meu caro Watson, devo-lhe mil desculpas. E pensar que nem o vi aí! Não preciso apresentá-lo ao Sr. Culverton Smith, já que, aparentemente, vocês se conheceram hoje mesmo. Está com a carruagem aí embaixo, inspetor? Vou me vestir e sigo vocês. Afinal, talvez precisem de mim na delegacia.

– Nunca senti tanta falta disto – disse Holmes, comendo biscoitos com vinho enquanto se vestia. – Mas, como você sabe, meus hábitos são irregulares e tal façanha significa menos para mim do que para a maioria dos homens. Era essencial que eu impressionasse a Sra. Hudson, já que ela precisava impressionar você, que, por sua vez, tinha que fazê-lo com Culverton Smith. Espero que não tenha se ofendido, Watson. Você sabe que não há lugar para dissimulação entre seus muitos talentos e que se você soubesse do meu segredo não conseguiria convencer Smith da urgente necessidade dele aqui, o que era vital para todo o meu esquema. Conhecendo a natureza vingativa dele, eu sabia que ele viria para observar de perto seu trabalho.

– Mas e sua aparência, Holmes... seu rosto cadavérico?

– Três dias de jejum absoluto não melhoram em nada a beleza de alguém, Watson. Quanto ao resto, não há nada que água e sabão não possam curar. Consegui um bom efeito com vaselina na testa, beladona nos olhos, *blush* nas maçãs do rosto e crostas de cera de abelha nos lábios. Já estudei tanto como fingir doenças que estou pensando em escrever um ensaio a respeito. Um pouco de conversa sobre meias coroas, ostras e outros assuntos desconexos foram suficientes para produzir um agradável efeito delirante.

– Mas por que não deixou que eu me aproximasse, já que não havia nenhuma infecção?

– E ainda pergunta, meu caro Watson? Imagina que eu não tenha nenhum respeito por seu talento como médico? Eu não acreditava que, com seu poder de raciocínio, se deixasse enganar por um doente que, embora fraco, não apresentava alteração de pulso ou temperatura! A quatro metros eu podia enganá-lo. Se eu não conseguisse iludi-lo, como faria para trazer Smith para a armadilha? Não, Watson, eu não toquei naquela caixa. Você pode ver, se a observar de lado, o local onde a agulha se projeta para fora, como se fosse a presa de uma víbora. Arrisco dizer que o mesmo recurso foi empregado para matar Savage, que era o único obstáculo entre aquele monstro e uma herança. Contudo, minha correspondência, como você sabe, é muito variada, e estou sempre em guarda contra os pacotes que recebo. Contudo, imaginava que, fingindo ter ele obtido sucesso no seu atentado, conseguiria uma confissão. Consegui representar a farsa como se fosse um ator. Obrigado, Watson, preciso mesmo de ajuda com o casaco. Acho que, depois de terminarmos na delegacia, seria bom degustarmos algo nutritivo no Simpson's.

O Último Adeus de Sherlock Holmes e o Esforço de Guerra

Eram nove da noite de 2 de agosto, o mais terrível mês de agosto da história do mundo. Podia-se imaginar que a maldição divina já pendia sobre a humanidade degenerada, pois havia uma expectativa de desgraça iminente que pairava no ar estagnado. O sol já se pusera havia muito, mas rasgos vermelho-sangue permaneciam no horizonte ocidental, fazendo o céu parecer uma ferida aberta. Acima, as estrelas brilhavam vivamente, enquanto na baía, abaixo, as luzes das embarcações tremeluziam no mar. Os dois famosos alemães estavam junto ao parapeito de pedra da alameda do jardim, à frente da casa grande e baixa, com seus frontões pesados. Olhavam para o largo braço de praia ao pé da grande montanha calcária em que Von Bork, como uma águia nômade, se empoleirara havia quatro anos. Eles conversavam em voz baixa, num tom confidencial, as cabeças quase se encostando. Da praia, as duas pontas acesas de seus cigarros pareciam os olhos ardentes de algum demônio que perscrutava a escuridão.

Extraordinário, esse Von Bork – homem que não encontrava par entre todos os dedicados agentes do Kaiser. Foi seu talento especial que o habilitou para a missão inglesa, a mais importante de todas. Desde que ele a assumira, contudo, seu talento tornou-se mais e mais evidente para a meia dúzia de pessoas no mundo que sabiam a verdade. Uma delas era o homem que estava ao seu lado, barão Von Herling, primeiro-secretário da Embaixada, cujo enorme automóvel Benz de 100 HP bloqueava a estrada enquanto esperava seu dono para levá-lo de volta a Londres.

– As coisas estão acontecendo rápido, de acordo com nosso cronograma. Avaliando a sequência de acontecimentos, você provavelmente estará de volta a Berlim dentro de uma semana – dizia o secretário. – Ao chegar lá, meu caro Von Bork, acho que ficará surpreso com a acolhida calorosa que terá. Acontece que eu sei o que o mais alto comando pensa do seu trabalho neste país – completou. O secretário era um sujeito enorme, alto, de ombros largos, com um jeito de falar lento e pesado, que tinha sido sua principal arma na política.

Von Bork riu.

– Não é muito difícil enganar esses ingleses – disse. – Não conseguiríamos imaginar um povo mais ingênuo e dócil.

– Não diria isso – comentou o outro, pensativo. – Eles têm limites estranhos, inesperados, que é preciso compreender. Essa simplicidade aparente é uma armadilha para o estrangeiro. A primeira impressão é de que são totalmente moles. Então, de repente, encontra-se um obstáculo, ao qual é necessário se adaptar. Eles têm, por exemplo, essas convenções insulares, que *devem* ser observadas.

– Quer dizer o tal "espírito esportivo", "boas maneiras" e esse tipo de coisa? – Von Bork suspirou como se tivesse sofrido demais com isso.

– Refiro-me ao preconceito britânico com todas as suas ridículas manifestações. Como exemplo, vou citar um dos meus piores erros. Posso falar dos meus erros, pois você conhece muito bem os meus sucessos. Aconteceu logo que eu cheguei. Fui convidado para passar um fim de semana na casa de campo de um ministro de Estado. As conversas, ali, foram surpreendentemente indiscretas.

Von Bork concordou com um movimento de cabeça.

– Eu estava lá – disse secamente.

– Exato. Bem, naturalmente enviei um resumo da informação a Berlim. Infelizmente, nosso chanceler tem a mão um pouco pesada para tratar desses assuntos, e fez um comentário que mostrava saber o que havia sido dito. Isso, é claro, levou o governo britânico diretamente até mim. Não faz ideia do mal que isso me fez. Nossos hóspedes britânicos não foram nem um pouco gentis na ocasião. Demorei dois anos para me recuperar. Agora, você, com essa pose de esportista...

– Não, não. Não chame de pose, que é algo artificial. Eu nasci um esportista. E gosto disso.

– Bem, isso torna você ainda mais eficiente, velejando, caçando e jogando polo com eles. Seus cavalos ganharam o primeiro prêmio em Olympia e, até mesmo, ouvi dizer que você boxeia com os jovens oficiais. Qual o resultado? Ninguém o leva a sério. Você é o "amigão", "sujeito bem legal para um alemão"; um jovem bom de copo, que gosta de boates e mulheres. Enquanto isso, esta sossegada casa de campo é o centro de metade da espionagem na Inglaterra, e o jovem esportista é o mais astuto agente secreto da Europa. Genial, meu caro Von Bork, genial!

– Está me lisonjeando, barão. Mas, realmente, posso dizer que meus quatro anos neste país não foram pouco produtivos. Nunca lhe mostrei meu pequeno depósito. Quer entrar um instante?

A porta do escritório abria-se diretamente para a varanda. Von Bork entrou e acendeu a luz elétrica. Então, fechou a porta atrás do homenzarrão que o seguia e ajeitou cuidadosamente a pesada cortina sobre a janela gradeada. Somente depois de tomar todas essas precauções foi que voltou seu rosto bronzeado e aquilino para o convidado.

– Já enviei alguns dos meus documentos – disse ele. – Minha mulher e os empregados foram ontem para Flushing, levando os menos importantes. E claro que vou pedir a proteção da Embaixada para os outros.

– Tudo foi cuidadosamente arranjado. Seu nome já foi incluído entre os dos diplomatas. Não surgirão dificuldades para você ou sua bagagem. Mas pode ser que não precisemos partir. Talvez a Inglaterra deixe a França à sua própria sorte. Temos certeza de que não há nenhum tratado entre elas.

– E a Bélgica?

– A mesma coisa.

Von Bork balançou a cabeça.

– Não acho que isso seja possível. Deve existir algum acordo. A Inglaterra não se recuperaria de tal humilhação.

– Pelo menos ela permaneceria em paz.

– Mas e a honra do país?

– Ora, meu caro amigo, vivemos numa época utilitária. Honra é um conceito medieval. Além disso, a Inglaterra não está preparada. É inconcebível, mas mesmo nosso imposto de guerra de cinquenta milhões, que tornou nosso objetivo tão claro como se o tivéssemos anunciado na primeira página do *Times,* não tirou esse povo de seus pijamas. De vez em quando alguém faz uma pergunta. Cabe a mim responder. De vez em quando alguém se irrita. É meu dever acalmá-lo. Mas posso lhe garantir que, com relação ao essencial... armazenamento de munição, preparação de ataques submarinos, o preparo para produção de explosivos, nada está pronto. Então, como a Inglaterra pode entrar na guerra, especialmente quando inventamos para ela uma mistura de guerra civil irlandesa, quebra-quebras e Deus sabe o quê, para mantê-la ocupada cuidando de sua própria casa?

– Ela precisa pensar no futuro – disse Von Bork.

– Ah, isso é outra coisa. Creio que para o futuro nós temos nossos planos bem definidos para a Inglaterra, e as informações que você conseguiu nos serão vitais. Com o Sr. John Bull será hoje ou amanhã. Se preferir hoje, estamos preparados, meu caro Von Bork, e ainda mais preparados por meio do seu trabalho. Se for amanhã, não preciso dizer que estaremos em condições ainda melhores. Eu acho que seria mais sensato que a Inglaterra lutasse junto com os aliados, mas isso é com ela. Esta semana será decisiva. Mas vamos deixar de especulações. Você falava de seus documentos.

Ele se sentou na poltrona, com a luz brilhando em sua grande careca, fumando calmamente seu charuto, enquanto observava os movimentos do companheiro.

O escritório era uma sala grande, com painéis de carvalho nas paredes e estantes repletas de livros. Num canto havia uma cortina que, afastada, revelava o cofre de aço. Von Bork tirou uma chave da sua corrente do relógio e, depois de muita manipulação do segredo, abriu a porta.

– Veja! – ele disse, afastando-se.

A luz iluminava vivamente o cofre aberto, e o secretário da Embaixada olhou com muito interesse para os escaninhos repletos de papéis. Cada um dos escaninhos tinha rótulos, e seus olhos percorreram a longa série de títulos como "bancos de areia", "defesas portuárias", "aviões", "Irlanda", "Egito", "fortificações em Portsmouth", "O Canal da Mancha", "Rosyth" e muitos outros. Cada compartimento estava estufado de documentos e planos.

– Colossal! – disse o secretário.

Colocando o charuto sobre o cinzeiro, ele aplaudiu com suas mãos gordas.

– E tudo isso em quatro anos, barão. Nada mal para um beberrão encrenqueiro. Mas a joia mais preciosa da minha coleção ainda está para chegar, e já reservei o espaço. – Ele apontou para um compartimento com o título "códigos navais".

– Mas esse escaninho já está repleto de documentos.

– Papelada velha e inútil. De alguma forma o Almirantado foi avisado e mudou os códigos. Foi o pior golpe da minha campanha. Mas, graças ao meu talão de cheques e ao bom Altamont, tudo se resolverá esta noite.

O barão consultou o relógio e soltou uma exclamação de desapontamento.

– Bem, não posso esperar mais. Você pode imaginar como as coisas estão em Carlton House. Precisamos ficar todos a postos. Eu esperava poder levar as notícias do seu grande golpe. Altamont não disse a hora que vinha?

Von Bork pegou um telegrama.

– "Esta noite levo, sem falta, as novas velas de ignição. – ALTAMONT."

– "Velas de ignição"?

– Como vê, ele finge ser mecânico, e eu tenho vários carros. Combinamos dar nomes de peças aos papéis que negociamos. Se ele fala de radiador, eu sei que é um encouraçado, uma bomba de óleo é um cruzador, e assim por diante. Velas de ignição são os códigos navais.

– Expedido de Portsmouth ao meio-dia – disse o secretário, examinando o telegrama. – A propósito, o que você dá para ele?

– Quinhentas libras por este serviço, mas ele também recebe um salário.

– Esses bandidos gananciosos! São úteis, esses traidores, mas lamento o dinheiro sujo que damos a eles.

O Último Adeus

– Não lamento nada, com relação a Altamont. Ele trabalha muito bem. Eu o pago bem, mas, pelo menos, entrega a mercadoria, como ele mesmo diz. Além disso, ele não é um traidor. Garanto-lhe que nosso alemão mais fanático é uma pomba da paz com relação aos seus sentimentos contra a Inglaterra, se comparado a um verdadeiro irlandês-americano rancoroso.

– Ah, é irlandês-americano?

– Se o ouvisse falar, não teria dúvida. Às vezes, quase não consigo compreender o inglês que ele fala. Parece que declarou guerra à Inglaterra e também à língua inglesa. Precisa mesmo ir? Ele deve estar chegando.

– Sinto muito, mas já estou atrasado. Esperamos você amanhã cedo. Quando puser esse livro de códigos junto com sua bagagem no navio, estará terminando triunfalmente sua missão na Inglaterra. O quê? Tokaj[8]! – Ele indicou uma garrafa acompanhada de dois copos altos sobre uma bandeja.

– Posso lhe oferecer um copo antes que parta?

– Não, obrigado, mas parece que você vai dar uma festa.

– Altamont gosta de vinhos, especialmente do meu Tokaj. É um sujeito meio sensível, que precisa ser mimado com pequenas coisas. Ele é absolutamente vital para os meus planos, e tenho que contentá-lo, acredite.

Os dois alemães saíram para a varanda e depois foram até o final dela, onde o motorista do barão aguardava. Com um toque seu, o motor tremeu e entrou em funcionamento.

– Aquelas são as luzes de Harwich, imagino – disse o barão, colocando seu casaco. – Como parece tranquila! Talvez outras luzes se acendam, esta semana, e a costa inglesa perca essa tranquilidade, se o que o bom Zepelim nos promete se tornar realidade. A propósito, quem é?

Somente uma janela estava iluminada. Através dela, podia-se ver uma velhinha de faces coradas, sentada à mesa com seu gorrinho. Curvada sobre seu tricô, de vez em quando ela interrompia o trabalho para acariciar um gato preto deitado na cadeira ao seu lado.

– É Martha, a única empregada que ficou.

O barão riu.

– Ela personifica muito bem a Grã-Bretanha – disse –, totalmente absorta e sonolenta. Bem, até logo, Von Bork!

Com um último aceno, ele entrou no carro, e logo depois os dois cones de luz produzidos pelos faróis afastavam-se na escuridão. O barão recostou-se no assento de sua luxuosa limusine, com os pensamentos totalmente voltados para a tragédia que estava para se abater sobre a Europa. Assim, quando seu automóvel entrou na rua da cidadezinha, nem reparou no pequeno Ford que vinha em direção contrária.

---

[8] Vinho produzido nas proximidades da cidade de Tokaj, na Hungria.

Von Bork voltou lentamente para seu escritório quando as luzes do carro do barão sumiram totalmente ao longe. Antes de entrar na casa, reparou que a velha governanta apagara sua lâmpada e se recolhera. Aquela era uma nova experiência para ele, a casa enorme no escuro e em silêncio, pois tinha família e criadagem numerosas. Era um alívio saber que todos já estavam em segurança e que, a não ser pela velha senhora inglesa que permanecera, o lugar todo era só dele. Havia um bocado de trabalho para fazer no escritório. Assim, dedicou-se a queimar papéis até seu rosto corar de calor. Em seguida, começou a arrumar cuidadosamente o conteúdo precioso do cofre numa mala de couro. Contudo, mal iniciara essa tarefa quando ouviu o som de um carro distante. Instantaneamente, soltou uma exclamação, fechou a valise e o cofre, trancou-o e correu para a varanda. Chegou em tempo de ver as luzes de um carrinho estacionar junto ao portão. O passageiro saltou e avançou rapidamente em sua direção, enquanto o motorista, um homem idoso e corpulento, com bigode grisalho, ficou no carro, resignado a uma longa vigília.

– Então? – perguntou Von Bork, ansioso, correndo para encontrar seu visitante.

Como resposta, o homem acenou com um pacotinho embrulhado em papel pardo.

– Pode me dar os parabéns hoje, compadre – ele exclamou. – Estou trazendo o toucinho.

– Os códigos?

– Foi o que falei no telegrama. Cada um deles: faróis, códigos de lâmpadas, Marconi... uma cópia, não o original. O imbecil que me vendeu queria me dar o próprio livro. Seria perigoso. Mas é o código todo, de qualquer maneira, pode apostar nisso.

O recém-chegado deu um tapa no ombro do alemão, com uma intimidade que fez o outro retrair-se.

– Entre – ele disse –, estou sozinho em casa. Só estava esperando você. É claro que uma cópia é melhor que o original. Se dessem pela falta de um original, iriam trocar todos os códigos novamente. Acha que está tudo bem com a cópia?

O irlandês-americano entrou no escritório e esparramou-se na poltrona. Era um homem alto e magro, com cerca de sessenta anos, feições definidas e uma barbicha que o fazia parecer-se com as caricaturas do Tio Sam. Pendurado no canto de sua boca estava meio charuto, que ele reacendeu depois que se sentou.

– Está de mudança? – ele perguntou, depois de olhar em volta. – Não vá me dizer, amigão – acrescentou, com os olhos fixos no enorme cofre –, que você guarda os documentos nisso aí!

– Por que não?

– Bom Deus, num lugar exposto como esse? E acham que você é um espião! Ora, qualquer ladrão americano entra nisso com um abri-

O Último Adeus

dor de latas. Se eu soubesse que minhas cartas iriam parar aí, jamais lhe teria escrito.

— Nenhum dos seus ladrões conseguirá arrombar esse cofre – respondeu Von Bork. – Não existe ferramenta que consiga cortar esse metal.

— E a fechadura?

— Tem segredo duplo. Sabe o que é isso?

— Eu é que não – respondeu o americano, dando de ombros.

— Bem, são necessárias uma palavra e um conjunto de números para destravar a fechadura. – Ele se levantou e mostrou um disco duplo em volta da fechadura. – O externo é para as letras e o interno para os números.

— Ora, isso parece bom.

— Como pode ver, não é tão simples como você pensou. Mandei fazê-lo há quatro anos, e sabe que segredos escolhi?

— Não faço ideia.

— Escolhi "agosto" para a palavra e "1914" para os números, e aqui estamos.

O rosto do americano demonstrou surpresa e admiração.

— Ora, ora! Isso sim é inteligente. Acertou em cheio!

— Sim, poucos de nós conseguiriam adivinhar a data da guerra. Ela está aí, e amanhã vou-me embora.

— Bem, acho que você vai ter que me ajudar, porque não vou ficar sozinho nesta porcaria de país. Pelo que vejo, em uma semana ou menos, John Bull vai estar subindo nas patas traseiras e atacando. Prefiro assistir do outro lado do canal.

— Mas você não é cidadão americano?

— Jack James também é, e está cumprindo pena em Portland do mesmo jeito. Não adianta nada dizer para um policial inglês que você é cidadão americano. "Aqui a lei e a justiça são britânicas", ele diz. Por falar em Jack James, compadre, parece que você não se preocupa muito em proteger seus homens.

— O que quer dizer? – Von Bork perguntou, contrariado.

— Bom, você é o patrão, não é? Cabe a você não deixar que eles se deem mal. Mas eles estão se arrebentando, e quando é que você os ajuda? Tem o caso do James...

— Foi culpa dele mesmo. Você bem sabe. Ele era muito cabeçudo.

— James era um cabeça oca, tem razão. Mas tem o Hollis.

— Aquele homem era maluco.

— É, ele ficou meio doidão perto do fim. Quando um sujeito tem que fingir ser alguma coisa de manhã até de noite, com centenas de caras querendo entregá-lo para a polícia, ele tem tudo para ficar maluco. Mas agora foi o Steiner...

Von Bork estremeceu e ficou pálido.

— O que tem Steiner?

— Ora, pegaram o pobre-diabo, só isso. Invadiram a casa dele ontem à noite. Ele e os documentos foram parar na prisão de Portsmouth. Você vai cair fora, mas ele vai ter que aguentar a barra, isso se conseguir salvar a pele. É por isso que eu quero sair desta ilha ao mesmo tempo que você.

Von Bork era forte e controlado, mas era fácil ver que aquela notícia o abalara.

— Como conseguiram chegar até o Steiner? — murmurou. — Esse foi o pior golpe que sofremos até agora.

— Ora, por pouco não aconteceu pior, pois acho que estão atrás de mim.

— Não fala sério!

— Claro que falo. Já andaram interrogando a dona do meu apartamento, e, quando eu soube, achei que já estava na hora de cair fora. Mas o que eu quero saber, amigo, é como a polícia fica sabendo sobre nós. Steiner é o quinto homem que você perde desde que entrei no esquema, e acho que já sei o nome do sexto, se eu não me mexer. Como explica isso? Não tem vergonha de ver seus homens serem presos assim?

Von Bork ficou vermelho de raiva.

— Como ousa falar assim comigo?

— Se eu não ousasse certas coisas, amigão, não estaria trabalhando para você. Mas vou lhe dizer o que estou pensando. Ouvi falar que os políticos alemães, quando um agente termina seu trabalho, não se importam se ele vai parar onde não possa abrir o bico.

Von Bork levantou-se num pulo.

— Ousa sugerir que entreguei meus próprios agentes?

— Não disse isso, amigo, mas que aí tem coisa, tem. E cabe a você descobrir o que é. De qualquer modo, não vou me arriscar mais. Estou indo para a pequena Holanda, e quanto antes melhor.

Von Bork dominou sua raiva.

— Somos aliados há tanto tempo que não vale a pena brigar na hora da vitória — disse. — Você fez um trabalho muito bom, do qual não vou me esquecer. Vá mesmo para a Holanda. De lá pode ir conosco para Berlim ou pegar um navio de Roterdã para Nova York. Daqui a uma semana, quando Von Tirpitz começar a trabalhar, nenhuma outra linha de navegação será segura. Mas vamos terminar aqui, Altamont. Vou pegar esse livro e empacotar com o resto.

O americano segurou o pacote, mas não fez menção de entregá-lo.

— E a grana? — perguntou.

— O quê?

— O dinheiro. A recompensa. As quinhentas libras. O artilheiro ficou difícil no último minuto, e eu tive que lhe dar mais cem dólares. Era isso ou nada para você e para mim. "Nada feito!", ele falou. E falou sério, mas os cem dólares fizeram ele mudar de ideia. Já gastei duzentas libras desde o começo, e não vou entregar o toucinho sem ver o ouro.

Von Bork sorriu com amargura.

– Você não parece ter uma opinião muito boa a respeito da minha honradez – disse. – Quer o dinheiro antes de entregar o livro.

– Negócios são negócios, meu amigo.

– Tudo bem. Seja como quiser. – Ele se sentou e preencheu um cheque, que destacou do talão, mas não entregou ao americano. – Já que é assim, Sr. Altamont – disse –, não sei por que eu tenho que confiar mais em você do que confia em mim. Compreende? – acrescentou, olhando para o americano por sobre o ombro. – O cheque está sobre a mesa. Quero ter o direito de examinar o livreto com os códigos antes que você pegue o dinheiro.

Sem dizer uma palavra, o americano entregou-lhe o pacote, que Von Bork desamarrou e desembrulhou. Então, ficou olhando, pasmo, para o livreto azul que tinha diante de si. Na capa estava impresso, em letras douradas, *Manual Prático de Apicultura*. Mas o grande espião só teve um instante para ler aquele título estranhamente irrelevante. Logo em seguida, um pulso de ferro agarrou sua nuca e uma esponja com clorofórmio foi apertada junto ao seu rosto.

– Outro copo, Watson? – perguntou Sherlock Holmes, oferecendo a garrafa de Imperial Tokaj. – Precisamos celebrar este alegre encontro.

O motorista corpulento, que se sentara à mesa, adiantou o copo.

– Esse vinho é muito bom, Holmes – ele disse emocionado, após brindar ao momento.

– Realmente extraordinário, Watson. Nosso amigo barulhento, ali no sofá, garantiu-me que esta garrafa vem da adega do imperador Franz Josef, do Palácio de Schoenbrunn. Por favor, abra a janela, pois o cheiro do clorofórmio atrapalha o paladar.

O cofre estava entreaberto, e Holmes, parado à sua frente, retirava todos os documentos, examinando rapidamente cada um deles e guardando-os na mala de couro de Von Bork. O alemão dormia ruidosamente no sofá, com braços e pernas amarrados.

– Não precisamos ter pressa, Watson. Estamos a salvo de qualquer interrupção. Quer tocar a campainha? A outra única moradora da casa é Martha, que desempenhou um papel admirável. Expliquei-lhe a situação assim que assumi o caso. – Holmes virou-se para a bondosa senhora, que entrava no escritório. – Ah, Martha, gostará de saber que tudo correu bem.

Ela sorriu para Holmes, mas olhou preocupada para o ex-patrão deitado no sofá.

– Está tudo bem, Martha. Ele não se feriu.

– Fico feliz em saber, Sr. Holmes. Ele foi um bom patrão. Queria até que eu tivesse ido para a Alemanha com sua mulher, mas isso teria atrapalhado seus planos, não é?

— Realmente, Martha. Eu estava tranquilo com você por aqui. Esta noite esperamos algum tempo até receber seu sinal.

— Foi o secretário — ela explicou —, aquele cavalheiro grandalhão que veio de Londres.

— Eu sei. Cruzamos com seu carro na estrada. Aliás, Watson, se não fosse por sua habilidade ao volante, ele teria passado por cima de nós. Que mais, Martha?

— Temi que ele não fosse embora. Eu sabia que o senhor não esperava encontrá-lo aqui.

— Não, de fato. Mas isso só nos fez esperar meia hora a mais naquela colina, até que vi sua lâmpada ser apagada, indicando que o caminho estava livre. Encontre-me amanhã em Londres, Martha, no hotel Claridge.

— Estarei lá, meu senhor.

— Suponho que esteja com tudo pronto para partir.

— Sim, senhor. Ele enviou sete cartas hoje. Anotei os endereços, como sempre. Ele recebeu nove, que também peguei.

— Muito bem, Martha. Vou ver tudo isso amanhã. Boa noite. Esses papéis — ele continuou, depois que a boa senhora se retirou — não têm muita importância, pois as informações que contêm já foram enviadas há muito para o governo alemão. Estes são os originais, que não poderiam ser retirados em segurança do país.

— Então são inúteis?

— Eu não diria isso, Watson. Pelo menos indicarão ao nosso pessoal o que o inimigo sabe e o que desconhece. Von Bork recebeu vários desses documentos por meu intermédio, e não preciso dizer que são totalmente falsos. Alegraria minha velhice ver um cruzador alemão navegando pelo estreito de Solent[9] baseado no mapa de minas marítimas que forneci. Mas, Watson — ele interrompeu seu trabalho e pegou o velho amigo pelos ombros —, ainda não vi você na luz. O que o tempo fez com você? Ora, parece o mesmo garoto bem-disposto!

— Sinto-me vinte anos mais moço, Holmes. Poucas vezes me senti tão feliz como quando recebi o telegrama pedindo para encontrá-lo em Harwich com o carro. Mas você, Holmes, mudou muito pouco, a não ser por essa barbicha ridícula.

— São os sacrifícios que precisamos fazer pelo país, Watson — disse Holmes, coçando o queixo. — Amanhã ela terá desaparecido. Com o cabelo cortado e outras mudanças superficiais, recuperarei minha aparência anterior à personificação desse "espião" americano.

---

[9] Parte ocidental do canal entre a ilha de Wight e Hampshire.

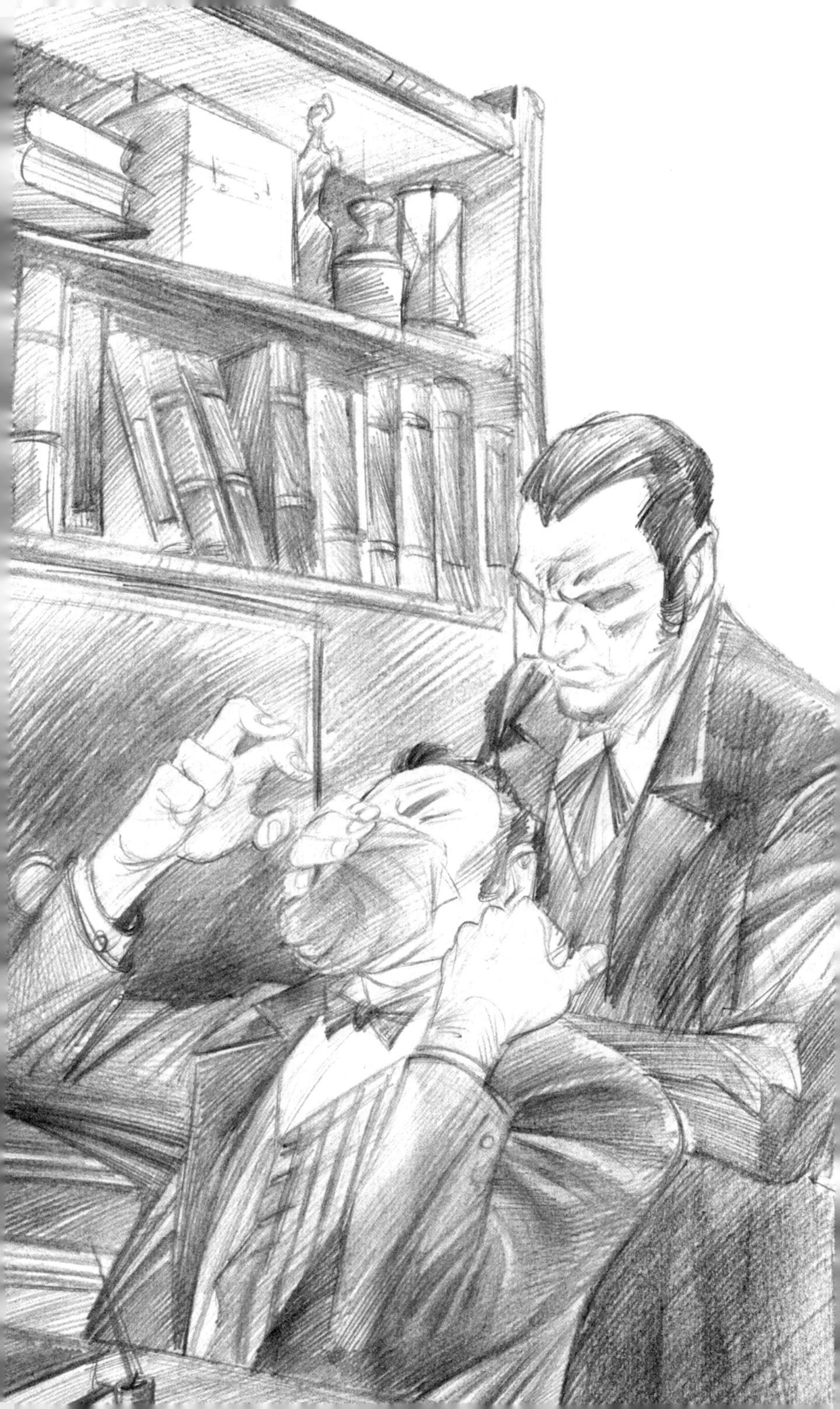

– Mas você tinha se aposentado, Holmes. Soubemos que levava vida de ermitão, entre seus livros e abelhas, numa fazendinha em South Downs[10].
– Exatamente, Watson. Este é o fruto do meu trabalho, o *magnum opus* da minha velhice! – Holmes pegou o livro de sobre a mesa e leu em voz alta o título completo: – *"Manual Prático de Apicultura, com algumas observações sobre a segregação da rainha"*. Escrevi sozinho. Veja o fruto de dias laboriosos e noites meditativas, quando eu observava o trabalho dos pequenos enxames da mesma forma que fazia ao estudar os criminosos em Londres.
– Mas como voltou à ativa?
– Ah! Eu mesmo tenho me perguntado. Eu teria resistido ao ministro do Exterior, mas, quando o primeiro-ministro em pessoa veio à minha cabana na fazenda... O fato, Watson, é que este cavalheiro que está sobre o sofá era um pouco demais para os nossos agentes. Era um caso à parte. As coisas estavam dando errado e ninguém entendia o porquê. Alguns agentes estrangeiros eram pegos, mas havia evidências de alguma força central. Era absolutamente necessário encontrá-la e destruí-la. Fizeram muita pressão para que eu aceitasse essa investigação. Isso tomou-me dois anos, Watson, que não foram destituídos de emoção. Comecei minha peregrinação em Chicago, ingressei numa sociedade secreta irlandesa em Buffalo, arrumei confusão com a polícia em Skibbereen, até que, finalmente, chamei a atenção de um agente de Von Bork, que me recomendou. Só por esse percurso você pode perceber como o caso foi complexo. Desde então fui ganhando a confiança dele, o que fez com que a maioria de seus planos desse errado e cinco de seus melhores agentes fossem presos. Esperava até que amadurecessem, Watson, e então eu os colhia. Bem, meu senhor, espero que já esteja melhor.

Essa última observação fora dirigida ao próprio Von Bork, que, depois de muito piscar e tossir, acordara, e ouvia o que Holmes dizia. Então disparou a falar uma série de insultos furiosos em alemão, com o rosto transtornado de ódio. Holmes continuou a investigar os documentos, com seus dedos ágeis e compridos abrindo e fechando papéis, enquanto o alemão xingava e praguejava.

– Embora pouco musical, a língua alemã é a mais expressiva – Holmes disse, quando Von Bork parou, de puro cansaço. – Opa! Opa! – acrescentou, ao ver um desenho. – Isto aqui vai nos permitir prender outro passarinho na gaiola. Não imaginava que o tesoureiro fosse um bandido tão grande, embora já estivesse de olho nele. Caro Von Bork, você terá um bocado de crimes pelos quais responder.

O prisioneiro colocara-se sentado, com alguma dificuldade, e olhava para meu amigo com um misto de ódio e espanto.

– Ainda vou ajustar as contas com você, Altamont – disse, falando vagarosamente. – Ainda que demore toda a minha vida, vou acertar com você.

---

[10]Distrito na Irlanda do Norte.

O Último Adeus

— A velha cantilena! — disse Holmes. — Como ouvi isso na minha juventude! Era a canção favorita do falecido Professor Moriarty. O Coronel Sebastian Moran também gostava dela. E mesmo assim eu crio minhas abelhas em South Downs.

— Maldito seja, seu traidor! — exclamou o alemão, tentando se soltar.

— Não, não! Não sou nada disso — falou Holmes, sorrindo. — Como meu sotaque já revelou, o Sr. Altamont, de Chicago, não existe. Ele foi uma invenção, um mito, uma de minhas muitas personalidades. Usei-o e agora já se foi.

— Então, quem é você?

— Realmente, não faz a menor diferença quem eu seja, mas, já que isso parece interessá-lo, Von Bork, devo dizer que esta não é a primeira vez que me relaciono a membros da sua família. Já trabalhei muito na Alemanha, no passado, e provavelmente meu nome lhe é familiar.

— Gostaria de saber qual é — disse sombriamente o prussiano.

— Fui eu quem facilitou a separação entre Irene Adler e o falecido rei da Boêmia, quando seu primo Heinrich era o Embaixador Imperial. Fui eu também que salvei o conde Von und Zu Grafenstein, irmão mais velho da sua mãe, de ser assassinado pelo niilista Klopman. Além disso...

Von Bork aprumou-se no sofá, espantadíssimo.

— Só existe um homem... — exclamou.

— Exatamente — confirmou Holmes.

Von Bork gemeu e se afundou no sofá.

— E a maioria das informações veio de você! — exclamou. — De que valem? O que eu fiz? Estou arruinado!

— Realmente, as informações não são muito confiáveis — disse Holmes. — Seria necessário conferir alguns dados, mas acho que você não terá tempo. Seu almirante vai descobrir que os canhões novos são maiores e os cruzadores, mais rápidos do que imagina.

Desesperado, Von Bork levou as mãos à garganta.

— Existem diversos outros pontos que virão à luz quando chegar a hora. Mas você tem uma qualidade que é rara nos alemães, Sr. Von Bork: espírito esportivo. Tenho certeza de que não me desejará mal, você que iludiu tantas pessoas e que, no final, foi iludido por mim. Afinal, você fez o melhor que podia pelo seu país, e eu fiz o mesmo pelo meu. O que poderia ser mais natural? Além disso — Holmes acrescentou, afetuosamente, colocando a mão sobre o ombro do prisioneiro —, foi melhor assim do que cair nas mãos de um inimigo mais cruel. Terminei com os documentos, Watson. Ajude-me com o prisioneiro e vamos voltar para Londres.

Não foi fácil arrastar Von Bork, que era forte e estava desesperado. Finalmente, cada um segurando um braço, os dois amigos conseguiram conduzi-lo pela alameda do jardim, por onde ele caminhara com orgulho, algumas horas antes, ouvindo os elogios do secretário da Embaixada. Depois de resistir mais uma vez, ele foi colocado no banco vago do carro, ainda com mãos e pés amarrados. A preciosa mala com os papéis foi colocada ao seu lado.

– Espero que esteja o mais confortável que a circunstância permite – disse Holmes, depois de ajeitar o alemão dentro do veículo. – Posso tomar a liberdade de acender um charuto e colocá-lo em sua boca?

Mas todas as amenidades estavam sendo desperdiçadas com o furioso alemão.

– Acho que percebe, Sr. Sherlock Holmes – ele vociferou –, que, se o seu governo apoiá-lo neste procedimento, isso será um ato de guerra?

– E quanto ao seu governo e todo este procedimento? – perguntou Holmes, batendo na mala com os documentos.

– O senhor é um civil. Não tem mandado para me prender. Tudo isto é absolutamente ilegal e ultrajante.

– Absolutamente – disse Holmes.

– Sequestrar um cidadão alemão!

– E roubar seus documentos pessoais!

– Bem, o senhor percebe em que pé está. Se eu começar a gritar quando passarmos pela vila...

– Meu caro senhor, se fizer algo tão tolo, só vai conseguir servir de nome para alguma pensão local. "O Alemão Enforcado", um nome original, não acha? O inglês normalmente é uma criatura paciente, mas no momento está um tanto inflamado, e não seria bom provocá-lo. Não, Von Bork, o senhor irá nos acompanhar sensata e calmamente até a Scotland Yard, de onde poderá chamar seu amigo, o barão Von Herling, e ver se ele ainda pode lhe conseguir aquela vaga no corpo diplomático. Quanto a você, Watson, soube que vai voltar à ativa, de modo que Londres não está fora do seu caminho. Vamos nos sentar na varanda, pois essa pode ser nossa última oportunidade de uma boa conversa.

Os dois amigos conversaram calmamente durante alguns minutos, relembrando o passado, enquanto o prisioneiro, no carro, tentava se soltar. Ao voltarem para o automóvel, Holmes parou e apontou para o mar iluminado pela lua e abanou a cabeça, pensativo.

– Um vendaval está se aproximando pelo leste, Watson.

– Creio que não, Holmes. Está muito calor.

– Meu bom e velho Watson! Você é o único ponto imutável numa era de transformações. Um vendaval está vindo do leste, sim. Será uma tempestade como nenhuma outra que se abateu sobre a Inglaterra. Será devastadora e fria, Watson, e muitos de nós irão perecer. Mas é uma tempestade enviada por Deus, que fará um mundo melhor, mais limpo e saudável aparecer sob o sol quando o tempo abrir. Ligue o carro, Watson, está na hora de partirmos. Tenho um cheque de quinhentas libras que preciso descontar o quanto antes, pois o emitente é bem capaz de sustá-lo, se puder.